BELA

DIREÇÃO-GERAL DO LIVRO, DOS ARQUIVOS
E DAS BIBLIOTECAS

Edição apoiada pela DGLAB
Direção-Geral do Livro, dos
Arquivos e das Bibliotecas

Bela

ANA CRISTINA SILVA

É a recomposição de elementos existentes que explica que a quimera não exista no real, mas levante voo na representação do real. E os sentimentos que experimentamos, verdadeiramente no nosso corpo, desta vez são provocados pelas nossas representações quiméricas [...]. As crianças magoadas são obrigadas, mais do que quaisquer outras, a fazerem uma quimera, verdadeira como são verdadeiras as quimeras, a fim de suportarem a representação da ferida, pois o único real suportável é aquele que inventam.

Boris Cyrulnik, *Resiliência*

Quando morrer, é possível que alguém, ao ler estes descosidos monólogos, leia o que sente sem o saber dizer, que essa coisa tão rara neste mundo — uma alma — se debruce com um pouco de piedade, um pouco de compreensão, em silêncio, sobre o que eu fui ou julguei ser. E realize o que eu não pude: conhecer-me.

Florbela Espanca, *Diário do último ano*

Matosinhos, madrugada de
8 de Dezembro de 1930

Bela acabou de se matar. De seguida encosta a cabeça à almofada da cama. Os seus cabelos negros movem-se como as asas de um corvo a levantar voo sobre a cinza eterna de uma fotografia. Não sente que se esteja a deitar. Tem a impressão de estar a ser aconchegada pelas mãos acariciadoras de uma outra que, com o seu odor, lhe assenta sobre a alma com um manto de paz. O gesto do seu braço a descair sobre as cobertas desprende-se de um corpo que apenas se vai perpetuar na eternidade, imobilizando-se em definitivo nos contornos de um mito. A morte veio ter com ela como uma dádiva que a protege da necessidade de ser a primeira para alguém. Agora já não precisa de ser amada nem tão pouco voltar a interpretar a personagem de uma grande poeta, a sua principal invenção. Desiste dessa busca insaciável, da sôfrega procura de uma alma gémea através dos ténues reflexos que a sua poesia deixa no amor.

Inspira uma última vez, entregando-se com devoção ardente à morte como se a marcha para a escuridão a consagrasse num renascimento. Sempre soube que a morte teria asas de condor, luzes tricolores de amanhecer, vozes de violino angelical, seios de uma mãe real. Sonhou com ela desde que nasceu e espreita-a imensamente feliz. Deixa-se envolver pelos braços que a morte lhe estende, acreditando estar no abraço de uma mãe. Tem tempo ainda para reconhecer o seu sorriso disperso por um feixe de luz anunciada. Não distingue bem o rosto, mas estilhaços de luminosidade tombam sobre si como um foco de um farol que, círculo após círculo, vai incidindo sobre um mar profundamente escurecido. Vê alegria nessa claridade, deixa-se cortejar pela luz com a mesma esperança com que antes abrira a veia das palavras para fazer jorrar sangue sobre os seus poemas. Mas a luz vai-se esbatendo, a escuridão embrenha-se nos olhos, o ar torna-se irrespirável e os contornos do mundo recolhem-se, perdendo densidade e arestas.

"Vem buscar-me, mãe!" é o que ainda pretende dizer, no entanto, os lábios fixam-se ao silêncio, imaginando o sopro de muitos ventos. A brisa deixou de pertencer naquele instante à sua respiração, só que ela não o sabe. Na véspera avisara várias amigas que morreria nessa noite, mas nenhuma acreditou. "Nunca ninguém acreditou nela, porque é que neste caso seria diferente?", teria pensado se os seus pensamentos não tivessem caído num silêncio desmedido.

Há duas horas ainda tentara a esperança, comparando a vida às planícies rasas com giestas em flor. Esforçara-se por reter na memória aquele momento em que o orvalho da manhã cobria as terras do Alentejo com um véu de tule branco. Sobre essa imagem imaginou um futuro possível. A invocação foi excessiva. A dor era uma agulha que lhe perfurava a visão do mundo, fazendo um buraco dentro dela. Só sentia o horror carnal de continuar a viver, mergulhada no caos dos seus pedaços. Já não era capaz de disfarçar o grito que lhe inflamava a garganta sem nunca chegar a explodir sempre que falava com o marido. Aquele grito esfacelava-a, condensava-a, definia-a. Era refém do seu impiedoso encantamento. O grito estendia-se aos pensamentos, empurrando-a perigosamente para a falésia onde os continentes acabam. Debaixo dos seus pés abria-se um precipício de onde a morte a chamava. O seu espírito deixara de fixar o eco de outras palavras, como se tudo o que estivesse em repouso fosse melhor do que o movimento de estar viva.

Sentou-se na cama e fixou-se ao espelho do guarda-fatos. Imaginou, viu, sentiu a própria face a desfazer-se. Diante dos seus olhos, perdia a fisionomia que sempre tivera, as feições de diva com que se apresentava ao mundo transformaram-se no perfil de uma mulher devastada. A dor exercia sobre ela uma pressão tão intensa que lhe despedaçava os contornos do rosto, a angústia expandia-se, mostrando-a como realmente era feita. Cada minuto de uma vida futura causava-lhe verdadeiro horror.

Levantou-se com esforço para se sentar à escrivaninha. Escreveu cartas de despedida às amigas. As palavras alinhavam-se automaticamente, escutava o seu ruído inexprimível de cascata ao caírem sobre a folha branca como se marulhassem à tona de água. A sua escrita era demasiado imprecisa para chegar à verdade. E, no entanto, prosseguia, deixando as palavras desembaraçarem-se sozinhas, quase sem precisarem dela. As letras deslizavam, eram peixes a nadar sobre a matriz branca do papel, abrindo sensações sobre espaços em branco, mergulhando na descrição de afetos. Saudade, amizade, tristeza, amor assemelhavam-se a sentimentos reais a emergir dos traços desenhados pelos movimentos precisos da caneta. Apenas ela conhecia a realidade. Não passavam de cristas revoltas a rasgar garatujas ocas. Contavam mentiras, porque já não havia sensações vivas no seu coração, nem tão pouco memórias. Não podia, apesar de tudo, volatilizar-se simplesmente como se nunca tivesse existido. Era amiga de Buja e de Maria Helena e a sua amizade tinha significado, sendo bem mais poderosa do que tantas paixões enganadoras.

Continuou a escrever durante uma hora. A sua mente treinada ditava-lhe sem esforço as palavras, foi tocando-as como quem toca uma melodia que simula o tom de uma carícia pelo tempo da sua duração. Já ninguém existia por detrás dessas palavras, mesmo escrevendo-as copiosas e sentimentais. Quando acaba as cartas, despe-se. Escolhe a sua camisa de dormir de rendas, a mais bonita que possui. É fina demais para os rigores de Dezembro. Um arrepio, um estremecimento recorda-lhe que existe o frio e que não está tudo terminado. Para celebrar o pacto com a morte precisa de evocar a paz de uma extensa planície vazia. Mesmo gelada, voltou a sentar-se à escrivaninha. "Quebra-me o encanto", suplica à morte. Decide escrever um derradeiro poema, lançar fragmentos de vida ao papel na esperança de que um fantasma a agarre e a puxe do abismo. Mas os versos não a satisfazem, parecem-lhe inertes e mortos, meras palavras que revelam ainda mais a sua condição de ninguém.

Senta-se depois ao espelho para escovar o cabelo. O gesto rotineiro de se pentear suspende-lhe as decisões. Escovar o cabelo é uma ação que não se encaixa num enleio de intenções suicidas. Levanta a mão mais uma vez, mas para ao reconhecer o rosto deformado pelo reflexo do espelho. Abre e fecha os olhos e a visão da própria face deixa de ser instável. Como habitualmente não gosta do que vê. Por segundos, teve esperança de que o espelho lhe devolvesse a presença de uma outra de traços definidos e belos. Com os olhos exauridos de lágrimas imagina o rosto daquela outra de semblante felino, alguém que é ela com olhos de fogo, sendo por isso capaz de suportar que os seus desejos não tenham plena repercussão no mundo. Bela! Que nome mais despropositado! Para que a sua cara o merecesse, os olhos deveriam ostentar gotas de claridade natural e o sorriso mostrar-se sedutor e cativante. E o que é que ela vê? Olhos pequenos, mortiços, duas contas escuras e tristes. Um olhar que aprendeu a fixar com languidez desde criança de modo a esconder da máquina fotográfica do pai o medo de ser abandonada. Uma expressão que não passava de um cenário através do qual finge ser essa outra, sobretudo diante de homens que, por sua vez, fingem tomá-la por essa outra. A haver justeza na sua boca, os lábios teriam de se desenhar sobre um molde carnudo e vermelho. A boca não lhe fazia justiça. Fechava-lhe o coração no interior do corpo através de duas linhas de contornos finos que desagradavam à entrega de um beijo. Examinou cada detalhe e a superfície do rosto foi-se alterando de novo, fugidia como o sopro de um fantasma sobre um vidro baço. No meio dos pormenores depara-se, por instantes, com a imagem de uma criança perfeita, uma menina renascida pela assombrosa força dos seus anseios. A ilusão, porém, desvaneceu-se, desfocada pela brevidade. Devagar, passa um dedo pela face real que sempre a desgostou. Era redonda demais. Aquela cara era a derrota a anunciar novas derrotas, uma expressão envelhecida com marcas de rugas emergentes, uma pele ressequida como um tapete desgastado. Desce os olhos até às mãos e roda-as. Observa a elegância da sua dança em perfeita simetria com o espelho. As suas mãos eram belas, com dedos esguios. Dela, só as mãos a mereciam.

Recolhe o rosto atrás das mãos. O murcho e o enrugado ficam escondidos por aqueles dedos que ocultam os danos. Talvez, quando ela jazesse no cemitério, a verdadeira, a outra a quem as mãos pertenciam, fosse ao encontro do seu lugar numa vida esplendorosa. Talvez a outra lhe sobrevivesse, conquistando a felicidade de uma alma que, por fim, se desembaraça do corpo. Pensa nas árvores consumidas pelo Inverno, no esforço inútil das folhas para se segurarem ao tronco. Dois pingos de chuva seriam suficientes para as derrubarem. Pensa: "A vida assim não merece a pena". Mesmo que os seus atos deixassem de ser um escândalo para o mundo, mesmo que alguém escutasse o ruído convulsivo da dor nos seus poemas, as palavras tinham um efeito de consolo passageiro. Só os mortos têm paz e nada sabem do sofrimento. Não passava de uma fugitiva a lutar às cegas contra a ferocidade de vultos que, por sua vez, brigavam dentro de si. Na realidade, já estava morta e o seu cadáver apenas respirava escuridão. Mais valia habitar na morte do que viver dentro daquele cadáver, enfrentando as devastações da vida.

Observou uma das suas fotografias, exposta em cima da cômoda numa moldura de madeira escura. Sorri, porque sabe que a fotografia jamais irá envelhecer. De seguida, abre uma das gavetas e retira dois frascos de Veronal. O seu marido, o médico com quem casara, deixara à sua disposição tudo o que necessitava para morrer. Alinha com cuidado os frascos na superfície envernizada da madeira. Acaricia-os um a um, percorre a sua forma com os dedos como quem espera ainda deparar-se com a sensação necessária para desistir. Lá dentro, apinham-se minúsculos comprimidos brancos, parecem rebuçados, pílulas doces que, depois de engolidas, conduzi-la-ão finalmente ao apaziguamento. A sua aparência promete um repouso de pó açucarado. Olha-os fixamente e, por instantes, supõe-se no meio de uma tolice, uma partida espirituosa que se joga sem adversário, à espera, ainda assim, de magoar alguém.

Estava exausta. Desde que Apeles morrera custava-lhe horrores adormecer. Permanece sentada. O silêncio à sua volta é uma pausa na morte. Naquele silêncio chegam-lhe todas as mágoas ao mesmo tempo. A morte estava nas charnecas da sua infância, mesmo durante a Primavera quando nasciam as folhas novinhas nas árvores. A morte de cor de cera também percorria Matosinhos como se andasse à sua procura pelas ruas secundárias que iam dar à sua casa.

Observa-se de novo ao espelho, reconhecendo já a face de uma moribunda. Ultrapassara o momento, deixara escapar a salvação. Tornara-se numa estátua a assistir à passagem do tempo num jardim decadente. Uma estátua corroída pelo zimbro da dor a ameaçar ruir. Ninguém pousava nela, todas as pessoas, o marido, as amigas eram pombos que voavam para longe. Estava completamente só e presa na armação granítica daquele sofrimento que nunca abanava. Não comia, sentia-se a ser comida pelo caos. Não dormia, anestesiava-se para evitar que a pele se descosesse da carne. Fizesse o que fizesse apenas conseguia chegar à evidência desconcertante de já estar morta. Era isso. Engolir os comprimidos não mais seria do que permanecer deitada no areal diante do mar e imobilizar-se num tempo em que se não está. Nada iria acontecer que não tivesse acontecido já, morrer seria apenas mais um encolher de ombros, uma exibição da sua indiferença face ao vasto mundo. Seria tudo idêntico ao que já era, apenas com a diferença de que a música do sofrimento emudeceria interminavelmente. Em seu lugar nada, nem a ventura nem a desgraça. Apenas uma ária longínqua e até vingadora contra todas as promessas não cumpridas. Ela não ficaria para a escutar porque se derramara, para seu extraordinário alívio, como um bálsamo fresco sobre as suas chagas. O fim daquele insuportável latejar das têmporas.

Recorda Luís, uma das últimas paixões. Ele não a amara nem nunca pensara nela como mulher. Antes de a morte a alcançar, já se passeava, adornada por uma capa de invisibilidade, puro espírito destituído de formas corporais. Indubitavelmente pouca coisa sobrava dela. Um frêmito de raiva desce sobre Bela ao recordar-se daquele amor. É ainda uma vaga de vida que a rodeia como se ela fosse uma frágil alga, mas a onda rebenta sobre ela, afogando-a numa espuma branca. Recorre ao ódio para desvendar os olhos da diva, num derradeiro gesto teatral. A outra, a mulher sedutora, existia atrás do espelho, sentia-a no bafo da respiração agitada. Para se mostrar ao mundo só era necessário uma morte ritual, um sacrifício. A sua disseminação até à imagem verdadeira depende apenas de alguns comprimidos brancos. Agarra nos frascos e volta para a cama, gozando um instante de triunfo pleno. Não acabava ali, recomeçava ao lado de seu irmão.

Matosinhos, manhã de
8 de Dezembro de 1930

De manhã, alguns minutos depois de abrir a porta do quarto de hóspedes onde a sua senhora dormira para não ser incomodada, a criada emitiu um grito estridente. Teresa não era a criada que Bela sonhara para a servir. Sempre imaginou uma serviçal de uniforme imaculado que fizesse soar o seu nome numa voz diáfana e cristalina. Uma criada de dedos sensíveis, capaz de manusear objetos com gestos delicados. Sempre desejou uma serviçal que caminhasse com passos etéreos ao transportar numa bandeja uma xícara de chá fumegante e que distribuísse flores, deliciosamente frescas, pelas jarras como quem faz da sua sala um cenário requintado. Teresa, a serviçal que gritou, era apenas uma moça de aldeia com uma boca rude. As palavras que saíam dos seus lábios lembravam uma tromba de água despejada sobre a casa quando anunciava o jantar. Não, definitivamente, não era essa criada de aparência grosseira que Bela gostaria de ver anunciar a sua morte.

Primeiro Teresa chamou pela sua senhora, enquanto, com a sua habitual falta de jeito, pousava a bandeja com o pequeno-almoço na escrivaninha. Gostava de Bela, era uma mulher estranha, mas sempre a tratara bem, tal como aos outros criados. Agradecia e pedia desculpas pela maçada dos seus pedidos, atitudes nunca antes vistas entre outras patroas. Abriu as cortinas para fazer entrar a luz, apesar de o dia anunciar tempestades. Quando se virou, Bela deixou de ser uma silhueta fina e uma sombra pequena debaixo das cobertas. A sua figura encheu subitamente o quarto. A sua senhora tinha os olhos abertos e os lábios molhados por uma espuma branca. Aproximou-se e abanou-a como se, com essa ação desesperada, fosse ainda capaz de a acordar. Teresa abriu a boca, mas a única coisa que conseguia dizer era "Senhora", palavra que repetiu num tom sumido uma e outra vez. Ao ver que nada surtia efeito, ajoelhou-se ao lado da cama. As suas mãos ásperas postaram-se numa oração muda como se só Deus, Nosso Senhor, na sua infinita misericórdia, pudesse acordá-la. Mas, logo de seguida, a aflição de Teresa, o pavor e a angústia, verteram-se em gemidos de vitelo ao ser conduzido ao matadouro. Um vitelo verdadeiro seria, decerto, menos turbulento e os seus balidos prometeriam sons mais aprazíveis, teria, porventura, pensado Bela se estivesse viva. Mas, tudo o que estava a acontecer, tinha lugar sem ela e, ao contrário do que imaginou, o mar não escureceu nem o sol ensandeceu por ela estar morta.

O Dr. Mário, marido de Bela, subiu as escadas a correr quando ouviu Teresa gritar. Estacou, porém, à entrada do quarto, não se aproximando da mulher. Não o fez sequer, quando a criada, com ar desesperado, se virou para ele e, apontando para o corpo de Bela, lhe disse "Doutor", em tom de súplica. O normal seria ele ter examinado a mulher, tentado reanimá-la ou, pelo menos, ter avaliado o seu estado. Aquela indecisão afigurou-se-lhe quase suspeita, mas, por momentos, pensou que também ele estaria em choque não se atrevendo a dá-la como morta. Em todo o caso, deveria agir, tomar urgentes providências, fazer qualquer coisa com os seus unguentos para devolver a vida à sua senhora. Era médico, afinal de contas! Ele manteve-se imóvel, um espectro pálido de respiração ruidosa que transmitia realce ao silêncio. Só passados alguns minutos, instantes largos que sugeriam uma hesitação indeterminada, se achegou à cama. Não tocou em Bela nem a examinou como seria da natural expectativa de Teresa. Limitou-se a anunciar o veredicto, sem a mais leve ênfase, com a mesma frieza com que mencionaria a morte de uma estranha: "Está morta, a senhora morreu". A voz neutra, a sua face de borracha amolecida escandalizaram a criada. A atitude do doutor pareceu-lhe pouco compassiva, sem se atrever sequer a fechar os olhos ou a tapar a face da senhora. A cozinheira da casa é que tinha razão. Os patrões eram uma gente à parte, não tinham sentimentos, ou quando os possuíam eram estranhos e insólitos. Indiferente à perplexidade de Teresa, o doutor saiu do quarto. Já da porta, repetiu: "A senhora está morta. É preciso tomar providências". A criada não desceu com ele, sentindo-se ainda incapaz de tomar uma decisão. Devagar, aproximou-se do corpo de Bela, lançou-lhe um olhar fugaz antes de estender silenciosa e cautelosamente o lençol sobre o seu rosto. Depois olhou para a janela, reparando que estava a chover e que a chuva começara a falar de Inverno.

Na noite anterior, após o jantar, o Dr. Mário adormecera na sua poltrona favorita. Já era tarde, quase meia-noite, quando uma bátega de chuva o acordou. Sobressaltado, encaminhou-se para varanda da sala. Um vendaval lavrava o jardim e um gato andava por ali, uma sombra entre as sombras. O seu espírito estremunhado não notou como a noite estava fria, nem ouviu o murmúrio das árvores batidas pelo vento. A sua mente estava ocupada em recordar o sonho que acabara de ter, não sendo capaz de o ajustar à realidade. A figura de Bela surgira-lhe num caleidoscópio de imagens fragmentadas e com cortes transversais, sendo difícil tirar conclusões se era realmente a sua mulher. O rosto, recortado e multiplicado por inúmeros perfis, aparecia-lhe em perspectivas invulgares, vultos que eram lentamente apagados pela espuma de milhares de palavras. Tentava localizá-la, mas só se deparava com os vestígios da sua passagem, o que o deixava cada vez mais angustiado. Por fim, descobria-a deitada na cama, aparentando a serenidade virginal de uma menina, no entanto, observada de mais perto, a sua expressão mostrava-se ligeiramente deformada e uma lágrima de sangue escorria-lhe da boca.

Aquele sonho não passava de um enredo confuso, um efémero delírio onírico. Já antes tinha sonhado com a morte de Bela, aliás, em muitas noites anteriores e isso nada significava. Na sua profissão a morte era rotineira e ele não era homem de acreditar em presságios. A verdade para ele vestia-se de factos: sabia muito bem que o coração era um músculo, uma massa informe do tamanho de um punho, demasiado pequeno para ganhar a alma exaltada que Bela lhe atribuía nos poemas. O coração, às vezes, simplesmente parava, era só isso e, ao contrário da mulher, o Dr. Mário nunca ficava a magicar no alcance metafórico dos sonhos ou das palavras.

Levantou os olhos e viu as duas amoreiras do jardim moverem-se de lá para cá em intensa devoção à tormenta. Então, na solidão das trevas, escutou um som arrepiante. Afastou com as mãos as cortinas para identificar na penumbra da noite a origem de tal pio fantasmagórico. O coração quase lhe gelou. Empoleirado no gradeamento da varanda, à chuva, os olhos intimidantes de um mocho fixavam-no. O Dr. Mário abanou a cabeça para desvanecer aquela sensação de agoiro e recuou para o interior da sala. Por um instante, não lhe pareceu de todo inverosímil que a sua casa fosse transformada no porão de um navio afundado ou que uma tempestade fizesse desabar relâmpagos na própria sala. De seguida quase sorriu, não era homem de ficar à mercê de visões e presságios. Caramba, afinal tinha uma mente educada por princípios científicos! Devia ser a influência de Bela, sempre cheia de apetência pelo drama.

Apertou o cinto do roupão de seda e subiu para o quarto. Deitou-se na cama conjugal, ampla e vazia — Bela dormira mais uma vez no quarto de hóspedes, para proveito de ambos. Virou-se e revirou-se na cama. Os olhos amarelos do mocho pareciam luzir no tecto como um candeeiro aceso. Hesitou em levantar-se para verificar se Bela estava bem. Não conseguia lembrar-se com precisão o que esperava ao casar-se com uma mulher como ela, supôs que o seu cansaço se devesse ao facto de as suas expectativas se terem enredado num desapontamento sem redenção. O matrimônio fora, sem dúvida, um impulso precipitado pelo qual pagara caro. Tendo-se casado com uma divorciada não recebera uma só palavra de gratidão, apesar de lhe ter oferecido esplêndidas perspectivas de futuro. Bela era uma mulher de uma índole imprevisível, que gostava de vestidos e joias e apenas se movia à vontade na ficção. Uma mulher que não era capaz de manter os pés em terra firme, uma alma atormentada que desprezava as vontades do corpo e respondia às perguntas mais simples como uma artista trágica. Então, desde que o irmão morrera, parecia uma espécie de assombração que andava pela casa e convertia em dor quanto tocasse. Só se interessava pelos seus poemas, fazendo de cada verso um salmo de sofrimento, habitando dentro das suas rimas como dentro de uma cela individual, na mais completa solidão. A mágoa dos seus poemas infiltrava-se em tudo, imobilizando-a no contorno de palavras que exaltavam a vida do amor, ela que não gostava de ninguém, só se amando a si própria e ao irmão morto. Com a sua posição de médico poderia ter escolhido qualquer uma. Porque é que se decidira por aquela em segunda mão, já casada por duas vezes? O pai bem o avisara do mau passo que ia dar e tinha de lhe dar razão. Desde que contraíra matrimônio sofrera todo o tipo de aborrecimentos e humilhações morais. Claro que mantinham as aparências de um casal e lá em casa não existiam berrarias ou louças pelo ar, mas sentia, em cada uma das suas palavras, como ela o desprezava, não pela sua ferocidade enquanto marido, mas talvez pela falta dela.

A despeito de todas as suas convicções e reservas, lembrou-se do olhar intensamente sôfrego de Bela. Recordou a imponderável luminosidade dorida dos seus olhos escuros quando ela entrou no seu consultório pela primeira vez. Por instantes, reviveu a comoção que o assolou. Aquela mulher ainda jovem assemelhava-se a uma avezinha comprimida contra um céu tempestuoso, esforçando-se, ainda assim, por sobreviver num espaço de gravidade esmagadora para as suas frágeis asas. Sentiu de imediato vontade de a levar para casa ou, pelo menos, de lhe revelar a energia de uns dedos másculos sobre os seus ombros. Ela, a pobrezinha, não pressentiu como as mãos dele a rodeavam, tentando conduzi-la para um ambiente seguro. Adorou a doçura e a seriedade com que ela acatou os seus conselhos. A subtileza do seu humor havia-o impressionado muitíssimo quando a convidou para alguns passeios na Foz. Pouco a pouco esboçou-se uma intimidade e o seu entendimento mútuo aprofundou-se.

Passados alguns meses já estavam noivos, para consternação da sua família, pois o divórcio de Bela ainda não tinha sido decretado. O que aconteceu depois era melhor nem recordar. Nos primeiros tempos do casamento esforçara-se; durante o jantar fazia-lhe perguntas atenciosas, seguidas de uma homilia de teor familiar para que Bela alterasse as suas atitudes tendo em vista a melhoria das suas tendências histéricas. A ideia de a salvar de si mesma, a princípio tão inspiradora e grandiosa, foi-se perdendo devido às contínuas objecções de sua mulher. A verdade seja dita que, a partir de certa altura, deixou de acreditar que Bela fosse susceptível de salvação. Se não o contrariava com juízos implacáveis e ironias acutilantes, mostrava-se alheada do rumo da conversa. O casamento atravessava uma grave crise, a qual poderia revelar-se fatídica desde que soubera da paixão da sua mulher por um colega do Porto.

Sentira-se reduzido ao papel de figurante no próprio casamento, Bela deixara-o exaurido com a enunciação dos seus eternos dramas. Era impressionante como ela tinha sempre de se destacar no sofrimento, parecia uma daquelas árvores enormes cuja única função é fazer diminuir a paisagem. A sua mulher tinha muitos traços de personalidade que ele gostaria de suprimir ou de refrear. Antes de casar, fora incapaz de discernir como essas qualidades singulares eram sustentadas por um ódio duradoiro, um rancor preservado ou desenvolvido — não sabia precisar qual das hipóteses era a mais acertada — ao longo dos anteriores casamentos. Suspeitava que ela o havia traído não apenas com um, mas com vários amantes. Talvez por ele não demonstrar aquela grandeza que ela a princípio projetara nele, expectativas emocionalmente confusas, como tudo o que vinha de Bela. Não que a sua traição lhe interessasse muito, mesmo que fingisse o contrário, mas não era minimamente aceitável, no que respeita às boas maneiras e à conduta da mulher de um médico, que Bela fosse comentada em Matosinhos. A sua má reputação, as coisas que se diziam perturbavam-no verdadeiramente e não era pouca a vergonha que às vezes experimentava. No entanto, continuava a sentir uma espécie de agitação e sobressalto, sempre que se deparava com a sua mulher a chorar, os olhos escuros inundados de lágrimas, os lábios a tremer como os de um bebé. Desde que Apeles morrera, deparara muitas vezes com Bela entregue a um choro copioso e desenfreado e, mais de uma vez, tomara veronal em excesso.

A tempestade arrastava-se ainda sobre o mar. O Dr. Mário não conseguia adormecer, sentia-se tenso como se pequenas descargas de eletricidade atravessassem os seus pensamentos. Apesar da chuva, nos seus aposentos reinava uma quietude agoirenta. Num movimento impulsivo saiu da cama e dirigiu-se para o quarto de Bela. Hesitou um pouco antes de abrir a porta, mas, mal entrou, sentiu uma violenta vibração no peito, como se todos os seus receios caíssem com o seu fatídico peso sobre ele. Viu a luz acesa, os olhos de Bela abertos, a palidez do seu rosto. Mais do que a soma das suas impressões consumadas por um julgamento visual, mais do que as pistas necessárias a um juízo dedutivo, isso, ou o conjunto de tudo numa só intuição conduziram-no à certeza de que a sua mulher morrera mesmo antes de se aproximar. Encaminhou-se para o seu leito e procurou sentir-lhe o pulso. Concluiu de imediato que o coração de Bela se esgotara. Com uma fúria repentina, abanou o cadáver e depois esbofeteou-o. Uma, duas, várias vezes. Nunca lhe batera, nem semelhante atitude seria admissível aos seus olhos. Mas, naquele instante, não sentia nem pena nem compaixão, só raiva, porque aquela morte fora engendrada como mais uma das suas fantasias. Bela lançara-se a voar sobre a morte, como quem declama um dos seus poemas em cima de um abismo, bem lá no alto sob os auspícios de um imenso apogeu.

Então, começou a soluçar. A princípio debilmente, depois afogando-se no naufrágio do pranto, sem perceber o sentido de possuir dentro de si lágrimas por aquela mulher. Era ainda o estranho domínio de Bela, não conseguindo afastar de si o fluxo de afetos que sentira outrora. Os alicerces da sua vida, edificados para serem sólidos, cediam perante aquele ato tresloucado. As atenções rigorosas que ele dispensava aos seus doentes, a amizade viril que cultivava com os seus pares, o prazer comedido de um charuto no clube do Porto, todos os seus princípios de vida desmoronavam por causa daquela derradeira afronta de Bela. Era uma imensa e catastrófica descida a pique nas emoções por se ter casado com uma pessoa absolutamente errada. Ia esquecê-la, já estava quase esquecida. Ela que não pensasse que ficaria muito tempo prisioneiro de uma personagem de luto. Todas as suas recordações iriam empalidecer até desaparecerem como uma ilha envolta pela bruma do tempo.

Chorava, mas parecia quase escandaloso derramar lágrimas por alguém cujos pensamentos sonharam a própria destruição. Era um desperdício sofrer por uma pessoa para quem a infelicidade era de tal forma um propósito que dificilmente se poderia dizer que chegara a viver. Como era possível que chorasse por aquela mulher? Na realidade, deveria estar a suspirar de alívio por ter sido libertado de todas as ameaças de humilhação e de ultraje. Podia retornar a uma existência em que as manchas de batom dos cigarros *Muratti's* de Bela seriam apagadas da sua casa, abrir as janelas a tanto fumo e finalmente respirar o ar fresco do mar. Já não teria de suportar as suas poses trágicas condizentes com pérolas falsas. Nem tão pouco seria necessário sorrir-lhe ou demonstrar uma relutante admiração quando ela lhe concedia um dia bom entre tantos outros de querelas. Já não teria de escutar o som da sua voz nem o eco do seu tom de desprezo, nem de lidar com atitudes de oposição deliberada e caprichosa. Adiante, adiante, seria o seu lema a partir dali. Trataria dos restos mortais de Bela com a dignidade que lhe exigia a sua própria reputação. A sua, não a dela, porque, afinal, tratava-se da sua esposa. O estigma do suicídio seria substituído por uma morte natural, talvez um edema pulmonar, para que Bela pudesse ser sepultada num cemitério cristão. E isto era muito mais do que ela merecia!

Secou as lágrimas, limpando os olhos de todas as memórias. Olhou de relance, com uma mirada breve, o cadáver e predispôs-se a terminar aquela vigília silenciosa. Ainda podia aproveitar algumas horas de sono antes de tratar do funeral. Fazer qualquer outra coisa seria excessivo e melodramático. Seria ceder mais uma vez ao egoísmo de Bela, dar-lhe de novo um palco para que a sua figura brilhasse com todo o esplendor. Não, desta vez isso não iria acontecer! Abriu a porta, mas, num impulso de louca transgressão, voltou atrás para selar o fim da sua mulher com um beijo na boca. Sentiu o prazer perverso de fazer algo diferente de todos os outros que a tinham possuído. Sem testemunhas, provava a si próprio que se poderia comparar aos excessos de qualquer outro homem.

Interlúdio 1

Os momentos do passado não poderiam atravessar-me a mente de uma forma tão intensa se eu os tivesse percebido enquanto eram instantes vividos. Agora que estou morta vem-me o desejo de ser o que poderia ter sido, mas já é tarde. Revisitar a minha memória é, portanto, inútil, tendo o mesmo efeito de uma brisa sobre a campa onde jaz o meu cadáver. Nas lembranças anteriores a todas as recordações, ela, a minha mãe, levantava-me às escondidas do berço de rendas onde dormia e pegava-me ao colo com uma expressão ávida. Oculto no seu coração estava o desejo de me envolver com um olhar mais luminoso do que o próprio amor, contudo, era obrigada a vigiar o temível espectro da madrinha, D. Mariana, que, a todo o instante, poderia reaparecer. Dispunha apenas de escassos segundos, o tempo necessário para ela, a D. Mariana, ir buscar ao quarto as moedas que pagavam a humilhação da minha mãe me ter parido e de me estar a amamentar na casa do amante. Os olhos da mamã eram de um preto leitoso, olhos deslumbrados com o meu rosto de bebé. Era sua intenção encandear-me com o seu amor para que, dos seus olhos, eu recebesse a luz dos meus próprios olhos. Mas, de imediato, o amoroso afundamento do seu olhar dissipava-se num foco fugidio, enquanto percorria pela diagonal a porta do quarto. A porta só ficaria fechada por alguns instantes e o mistério das coisas perdeu-se para mim naquilo que atraía o olhar da minha mãe mais do que eu. Eu sei que o olhar existiu e que abrigava visões de amor, tenho a certeza de que os seus olhos gentis desejavam derramar sobre mim a profundidade de um envolvente clarão de doçura. Os olhos cismarentos da minha mãe, só desejavam fixar-me, contudo, a herança do seu olhar ficou perdida no interior de uma esfinge atemorizada. Depois de ela sair, só tinha o colo ameaçador da D. Mariana, o seu olhar fulminante. Talvez por isso os meus sonhos tenham confundido o horizonte de charnecas em flor com a única paisagem possível para o olhar. "É bela como uma flor", terá dito a minha mãe, quando eu nasci, iniciando-me nas palavras de frágil ilusionismo. E, também por isso, a minha história verdadeira pertence ao tempo anterior às memórias de que me lembro.

Vila Viçosa, Março de 1895

Duas mulheres, Antônia e Mariana, sentadas frente-a-frente. Entre elas, um berço com um bebé. Duas mães para uma só filha. Duas amantes de um mesmo homem, sendo Mariana a esposa e Antônia a concubina. Mariana, na qualidade de legítima consorte, recebe Antônia em sua casa, mas não esconde o despeito de quem foi humilhada pelo marido, procurando, por isso mesmo, desconsiderar a outra, mostrar-lhe, com uma ponta de satisfação, que mais não é do que uma personagem menor, ainda que necessária ao drama familiar. Para se manter forte e suportar a tristeza de ter sido traída, em surdina, deixa às vezes escapar um ou outro insulto. A mais jovem e sensual, ou seja, a concubina, abotoa rapidamente a camisa, cobre o seio de aluguer que trouxe para amamentar a própria filha. O aposento apresenta a cor soturna de um dia de Inverno, com zonas de sombra. Não existem ornamentos capazes de atenuar a tensão que se suspende dos lábios das duas mulheres.

Observada através de uma janela, a cena poderia ter sido pintada na tela de um pintor holandês, criando erradamente a ilusão de um ambiente de serenidade doméstica. A pintura revelaria uma imagem falaciosa semelhante à discrepância entre pinceladas de penumbra e outras de cores mais luminosas. A realidade entrevista, além da benévola concessão de uma obra de arte, é bem diferente. Desde há três meses, altura em que Bela, a bebé, nasceu, as duas mulheres encontram-se diariamente, carregando o ódio como se fosse um código de conduta. De permeio, entre ambas, existe um homem e aquela bebé. Na sala estão lado a lado, na vida opõem-se em campos antagônicos. Quase não falam, quando muito dizem uma ou outra palavra, exibindo um constrangimento muito peculiar. Às vezes, Mariana não se contém e faz um comentário desagradável, mas Antônia ignora a deliberada descortesia da outra, não dando sinal de ter prestado atenção, salvo o facto de as suas faces apresentarem algum rubor.

O homem que disputam é uma figura sonhada dentro de uma quimera. Mantém-se iluminado, porque, em algum momento, terá captado as suas esperanças amorosas. A rivalidade entre as duas mulheres intensificou a sua importância e o ciúme une-as como duas pérolas de um fio entrelaçado no sofrimento. O rancor reside nelas, ateado por expectativas que só não foram completamente ilusórias porque Bela nasceu. A bebé foi gerada pela vitória da loucura sobre os valores do matrimônio. Antônia sonhara com o amor, mas o amor do seu amante era uma corrente de ar nas asas de um pássaro. Chegara a inventar uma realidade só para si, para poder fingir que o empolgamento sexual dele era igualmente paixão. Alheia a este enredo, Bela dorme num berço de pau-santo, feliz na inconsciência de um minúsculo corpo.

João Espanca, o homem das duas, está ausente e o seu paradeiro é incerto. Andará pelas redondezas de Estremoz, em busca de nobres arruinados para lhes adquirir antiguidades a baixo preço. Depois revende--as por valores altíssimos a burgueses ricos que as exibem nos seus salões como provas inegáveis de uma linhagem distinta. Os negócios vão de vento em popa. João Espanca é um homem de modos elegantes, capaz de vender ilusões como mais ninguém. Sabe reconfigurar os desejos dos clientes pelos atributos da sua mercadoria. Detecta os seus anseios ocultos e expõe--nos como um sonho irrealizável que ele, por especial favor, lhes concede em troca de uns míseros cruzados. Com os amigos gaba-se de conhecer as palavras perfeitas para fazer o mundo girar na rota dos seus lucros. Recorre às mesmas habilidades no trato com as mulheres. Não sendo um homem bonito, compensa o porte algo atarracado com uma mistura perfeita de jovialidade e lisonja. Também não é um verdadeiro mulherengo, nem tão pouco um desalmado vigarista, é apenas um jogador que sente prazer em seduzir mulheres pelo jogo da própria sedução. No decorrer da conquista não sente especial felicidade ante uma cara bonita, nem particular repugnância perante um rosto feio. Corteja qualquer uma pelo fascínio de escutar a sua voz a rondar as presas. Graças às suas palavras, as mulheres tornam-se luminosas: as mais pobres vestem-se como damas e os cetins e musselinas recortam insinuações sensuais no corpo das burguesas mal casadas. Havia espírito criador, verdadeira arte no seu frasear amoroso, fazendo com que a maior parte das suas conquistas, mesmo as mais respeitáveis, ganhassem brilho nos olhos e cores rubras nos lábios. É esse poder de metamorfose, o arrebatamento de ver crescer nelas, uma chama invisível, que verdadeiramente o excita. Surpreendia-se com o efeito transformador que conseguia desencadear, muito mais do que o mero exercício do amor carnal. Antes de as derrubar num monte de palha ou num ninho de lençóis de seda, sentia o inexprimível desejo de as fixar numa tela. Não se podia dizer que tivesse amado muitas, esquecera a maior parte dos nomes, mas havia ali um instante em que elas o conduziam a um espaço de claridade e calma e ele sentia-se um deus antes de ascender aos céus. Depois, esse momento único desfazia-se, não sobrava nada, senão a curva particular de uma nuca a confundir-se com a nuca anterior.

Apreciava o jogo da conquista e isso acabou por ser a sua desgraça por duas ocasiões. Primeiro com Mariana, a sua esposa. Foi a primeira mulher que se lhe afigurou inalcançável pelo seu porte severo e pela postura notoriamente pouco mundana. Conheceu-a no Redondo. Durante uma das suas viagens de negócios, foi convidado para jantar em casa dos pais. A casa era rasteira, mas quando viu Mariana, ela pareceu-lhe uma estátua plantada no alto de uma escadaria. Nunca antes uma mulher demonstrara semelhante indiferença à sua adulação. Apreciava sobretudo as suas melenas louras e o seu olhar cristalino. Sempre que passava pelo Redondo permanecia largas horas na taberna na expectativa de a ver passar e conseguia quase sempre que amigos comuns a convidassem para jantar. Com os seus habituais expedientes, procurava ficar sentado a seu lado. Gracejava, lisonjeava-a, elogiava-a e ela não lhe respondia ou então repreendia-o com firmeza, num tom de advertência que à primeira vista parecia desprezo.

O comportamento de Mariana espicaçou-o por não suportar a rejeição. A inalterável qualidade das suas atitudes forçou-o a dobrar-se às conveniências da lei para a possuir. Mais tarde, veio a recordar com nitidez o dia em que a pediu em casamento e a sua surpresa por ela o aceitar. Fora procurá-la à saída da missa e ao invés de se dirigir a Mariana, acabou por fazer o pedido ao pai que o fixou com perplexidade e assombro. Ela, em vez de deixar a resposta para o progenitor, enlaçara o braço de João Espanca, e assim, juntos, sem trocarem uma palavra, desceram as escadas em frente à igreja e toda essa deslocação foi sentida por ele como um deslizar até uma resplandecente luz, porque, por fim, ela respondera: "pois sim."

Acabou por ser um desastre. Não que João Espanca tivesse alguma coisa a apontar-lhe. Pelo contrário. Era uma jovem com uma elevada consciência do dever, vivendo sucessivas aflições de natureza espiritual, vendo pecado em toda a parte, uma particularidade de carácter que ele foi achando cada vez mais maçadora e que lhe chegava a dar cabo dos nervos. O que o chocava não eram os seus contínuos mexericos e mesquinhices — aquela que não ia à missa, a outra que tinha um rol de dívidas na costureira —, mas a evidente tendência para a difamação, como se no mundo só existissem imundices e reles indecências. A maior parte das vezes, limitava-se a franzir o sobrolho, espantando-se com o facto de ela estar inteirada de tantos segredos. Rapidamente, foi tomando consciência da estreiteza de espírito de Mariana e das suas atitudes malévolas, dando ideia que tinha sido nomeada a vigilante dos bons costumes da vila.

Com o decorrer dos anos deixou de reconhecer em Mariana, naquela mulher sempre a estremecer com o ímpeto de indignações incompreensíveis, a discreta contenção que o fizera apaixonar-se. Sentia a extremosa dedicação da esposa, os seus cuidados com a sua saúde e alimentação, como um hábito do dever, o que resultava num logro dificílimo de denunciar. Mas, sinais de um amor verdadeiro, realmente não os encontrava.

Durante algum tempo adaptou-se à rotina do matrimônio, mas continuou a seduzir muitas mulheres nas suas deambulações. Até que um dia reparou em Antônia, criada dos Borbas, duas ou três casas acima da sua. A sua beleza fez-lhe gelar o coração. Observava-a todos os dias a passar pela rua, sentindo que as feições dela mudavam como se revelassem a expressão de um enigma. Às vezes, o seu rosto apresentava características ligeiramente noturnas, mesmo à torreira do sol, outras vezes aparentava uma claridade pura, mesmo se surpreendida pela penumbra do anoitecer. Eram os seus olhos escuros que a tornavam inexplicável, como se ela fosse um cambiante da alma de todas as mulheres. Ou talvez fosse do sorriso pouco aberto e enigmático. Decidiu abordá-la, como havia feito com tantas outras, mas, quando se cruzava com ela, sentia uma geada na voz e limitava-se a desejar-lhe bons-dias. O seu desejo fazia-o vacilar. Mal se afastava, sussurrava o seu nome, Antônia, como se esse formigueiro de sons fosse demasiado precioso para ser proferido por uma boca vulgar. Aquele não era um trautear volátil! A possibilidade de a seduzir parecia-lhe um gesto temerário, só a ideia deixava-o nervoso como a um rapazinho. Adormecia e acordava dentro desse encantamento, tinha sonhos em que os seus corpos lhe surgiam misturados na moldura do futuro, elaborava conjecturas, tantas e tão minuciosas que seria moroso enumerá-las. Então, um plano louco, porventura alucinado, começou a germinar na sua mente: iria raptá-la e fazer dela sua mulher. Não era capaz de precisar o momento em que o pensamento nasceu. Talvez se tenha propagado através de partículas invisíveis de paixão que se terão aglomerado no seu cérebro como uma ideia fixa.

João Espanca, mesmo que coagido pela efervescência de um amor, era um homem com sentido prático. Sabia muito bem distinguir quimeras e fantasias dos atos necessários para que os desejos saíssem de um cenário de devaneios e se transformassem em reais possibilidades. Primeiro recolheu informações sobre Antônia. Ficou a saber das suas origens obscuras, conheceu a sua triste história de órfã abandonada. Fora criada por uma velha que a alimentava mal e lhe batia. No entanto e, porque a vida é o mistério de cada ser, Antônia tivera sempre como horizonte a miragem de um território de amor. Como se a dura realidade nada significasse e, não se deixando enclausurar nos maus-tratos da mulher que tomava conta de si, acreditava na utilidade da esperança. Conseguira afastar--se do seu mundo penoso, inventando uma história, com diversas variantes, onde os pais, figuras elegantes e carinhosas, a vinham buscar e a levavam para uma casa rica. Nunca confidenciou a ninguém essa sua capacidade para saltar as vedações da realidade e exilar-se em alucinações felizes. João Espanca desconhecia, portanto, a loucura da sua amada, não tendo noção de que a mente de Antônia era um núcleo de germinações em que as carências exerciam mais autoridade sobre si própria do que os ruídos do mundo. No entanto, levava em conta outros aspectos que, do seu ponto de vista, eram bastante relevantes, nomeadamente o facto de haver vários candidatos ao amor de Antônia. Diversos homens espreitavam-na, rondavam-na, tentando-a com apelos lascivos. A existência desses rivais fez crescer a sua determinação. Dizia de si para si que pretendia sobretudo protegê-la, esforçando-se por iluminar os seus propósitos de luxúria com outras e bem mais benévolas razões. Não pretendia apenas deitar-se com ela, sonhava em exibi-la na rua, passear-se de braço dado, não sendo sua intenção emparedá-la de todos os olhares ou escondê-la numa redoma. No entanto, para que ela não pudesse fugir ao seu domínio gostaria de implantar-lhe no rosto uma espécie de sinal, uma marca da sua pertença que, com o tempo, se poderia tornar uma característica da sua expressão. Esses planos eram a única vida dos seus pensamentos. Teria, no entanto, de conversar com Mariana, recorrendo a vários expedientes, acusando-a, mormente de infertilidade. Estavam casados há cinco anos e ela não fora capaz de lhe dar um filho. O seu ventre seco fornecia-lhe sólidos argumentos e, mesmo sabendo que as suas disposições trariam sofrimento à sua mulher, estava em posição de exigir que fechasse os olhos e obedecesse à vontade do marido.

Numa noite de Janeiro aflitivamente fria, depois do jantar, pediu a Mariana para ficar mais um pouco porque precisavam de conversar. Ela sentou-se de novo, contemplando-o com uma expressão alerta e expectante. João Espanca recostou-se na cadeira, esforçando-se por exibir uma aparência de indulgência e afabilidade. Começou por acentuar o seu desgosto por ela ainda não ter concebido, acrescentando de seguida, num tom de voz mais agreste, inclementes censuras. Ao escutar aquelas acusações, Mariana começou a ter um vago vislumbre, ainda que bastante impreciso, do que o marido teria em mente. "Estou convencido de que para ter um filho, tenho de arranjar uma amante", afirmou a certa altura com impiedosa frontalidade. Sem maiores rodeios, acrescentou que andava de olho em Antônia, a criada dos Borba. O que chocou Mariana não foi a injustiça das palavras lançadas pelo marido, mas a ignóbil indecência dos seus verdadeiros intentos. Sobretudo, perturbou-a a forma tortuosa como ele lhe atribuía culpas, tendo em vista consumar os seus instintos mais reles. Não rebateu o que João Espanca alegara contra si, lançando-lhe um olhar inexpressivo. Escassamente iluminada pela lamparina, o rosto não oscilava mais do que a mesa sobre a qual jantaram. Muito direita, à espera do desfecho, disse ao marido para prosseguir. Ele permitiu que uma pausa se instalasse por instantes e pigarreando um pouco contou-lhe que pretendia raptar Antônia e colocá-la por sua conta numa casa à entrada da vila. Estava no seu direito de homem, uma vez que o ventre da sua legítima esposa era uma bainha oca sem proveito para a sua semente.

João Espanca fixou Mariana, aguardando uma reação indignada, uma resposta amarga ou, pelo menos, uma exclamação de mágoa. Porém, ela continuava envolta em silêncio como se o espírito estivesse momentaneamente entorpecido, tendo anulado a sua capacidade para formular juízos. Estava à espera de um confronto, de alguns gritos e mesmo de insultos, mas a deferência de Mariana, a sua prontidão em acatar os seus desejos encorajaram-no. Deu-lhe a conhecer os seus planos, perdendo-se nos pormenores, esquecendo-se de que ela era, afinal, sua mulher. A certa altura, Mariana levantou-se, mantendo-se imóvel, diante da lareira, porém sem demonstrar maior desagrado. Até que, num impulso súbito, afastou-se a meio de uma frase e, interrompendo a energia dramática que circulava no discurso do marido, encaminhou-se para a porta.

Havia uma raiva que se avolumava perigosamente no cérebro de Mariana, mas que resultava sobretudo do receio de vir a ser vítima da chacota da vizinhança. Foi surpreendente sentir como pouco lhe interessava que João arranjasse uma amante. O seu espírito, como o de uma mártir, erguer-se-ia da lama e acabaria por encontrar maneira de atingir a redenção. Nesse instante, soube o que fazer. Antes de deixar a sala, virou-se para o marido: "Apenas exijo que se tiverem um filho seja criado por mim. Afinal fui eu quem casou consigo." Disse-o num tom sereno, sabendo muito bem que estava a contribuir para a perplexidade dele.

Incomodou-o a indiferença de Mariana. Tinha-se preparado para rebater eventuais críticas, arrasar os seus argumentos sobre intenções perversas, indignar-se com alusões à sua natureza lasciva, mas não imaginara aquela atitude aquiescente. O tumulto de emoções dissonantes cresceu ainda mais quando foi atrás dela e, através da porta da cozinha, escutou a sua mulher a dar ordens à criada sobre as compras no talho para o dia seguinte. "É uma caveira coroada de nacos de carne que dorme comigo no quarto", pensou. Envolto nesta visão, reconheceu que aquela troca verbal, sem par na relação de ambos, lhe suscitara um certo agastamento. O amor podia ser também visível em atos de condenação e a impassibilidade de Mariana comprovava como ela pouco o amava. Esta parecia ser a legítima conclusão a tirar de semelhante comportamento. Havia antecipado uma saraivada de balas, brados, súplicas, fórmulas de indignação, uma notória oposição aos seus intentos que até o poderiam ter levado a reconsiderar aquele passo em relação a Antônia. A benevolência de Mariana roubava-lhe o entusiasmo de cometer uma traição. A culpa era toda dela! Que a mulher, depois de o marido lhe comunicar que deseja fazer um filho a outra, saíra da sala para tratar de assuntos domésticos? Mariana não era uma esposa, era a madeira do leito sobre o qual se deitava.

João Espanca conhecia pouco a sua mulher, sendo incapaz de refletir sobre as distorções e ilusões tipicamente femininas. Não conseguiria conceber que toda a força investida pela sua mulher no auto domínio mais não fosse do que a expressão de um receio. Desde que casara com ele, Mariana tinha medo de ser abandonada. À sua maneira distante, amava-o. E ele não a podia acusar de não ser fértil, engravidara várias vezes, embora tivesse perdido os bebés, um a seguir ao outro com trágica inevitabilidade. Sabia, sendo impossível não estar a par, que o marido era um mulherengo e que a traíra vezes sem conta. Preferia evidentemente que essas coisas se mantivessem escondidas para benefício da sua paz de espírito. A zelosa ocultação que ele sempre fizera das suas amantes, tornava essas situações bem menos condenáveis e era uma prova do seu respeito por ela. Sentia-se feliz por até ali lhe ter sido concedida a benesse da ignorância. Mesmo tendo vindo a saber dos seus casos por venenosas bocas da vila, João Espanca sempre mantivera as suas traições em segredo, cuidando das aparências e isso significava um compromisso para com ela que ia da alma até às pontas dos pés. Nessa noite, ficara profundamente ofendida por ele quebrar esse pacto, autorizando deste modo que ela, uma figura da sociedade de Vila Viçosa, viesse a ser alvo de troça.

Após dar as últimas indicações à criada, Mariana saiu da cozinha e dirigiu-se ao pequeno quintal das traseiras. A temperatura havia descido acentuadamente e o seu corpo estremeceu de frio, na garganta a vibração de um sopro de mágoa. Com cuidado escolheu uma rosa do seu canteiro, uma rosa em botão cheia de espinhos. Contou-os um a um. Deviam ser quase tantos quanto os bebés que morreram no seu ventre. Num impulso inesperado, enterrou um dedo num dos espinhos. Os olhos mantiveram-se secos, transparentes como uma janela descolorida pela luz. "Tenho de reagir", murmurou, mas os pensamentos ainda não se adequavam a essa necessidade. Sentia-se afetada pela confissão do marido, não havia como negá-lo, mesmo assim estava decidida a garantir que o espírito da vida familiar e conjugal sobrevivesse ao desaire.

Nunca tivera a fraqueza de acreditar que o casamento com João Espanca estaria repleto de felicidade. Mas aquilo era demais! As exigências reveladas pelo marido nessa noite eram um ataque à sua própria existência, porém, apesar disso, começou a sentir-se capaz de pensar com mais clareza. A angústia foi sendo substituída por uma súbita serenidade, uma calma profunda, à medida que começou a ter noção do seu poder. Iria vingar-se da tal criada e da enormidade que a rapariga ia cometer contra si. Uma densa poeira de emoções bateu-lhe nos olhos, esteve tentada a chorar, mas recuperou a tempo, porque se lembrou que iria tomar conta da criança e com esse gesto, porventura cruel, poderia recuperar a continuidade familiar. Como se dessa maneira pudesse ser compensada por um crime infame, sentiu uma exaltação quase orgânica ante a possibilidade de roubar a maternidade à rival.

João Espanca foi deitar-se furioso com a mulher. A sua decisão estava tomada. No dia seguinte, à saída da missa das sete, iria raptar Antônia. Conhecia bem o seu percurso à sexta-feira. A essa hora, as ruas estavam suficientemente escuras, a penumbra transmitir-lhe-ia uma irracional sensação de segurança para fazer o que tinha de ser feito. Em segredo já havia mobilado duas divisórias do seu armazém para a instalar. Nunca trocara mais de duas palavras com a rapariga, no entanto, ela existia, admirável como o desabrochar de uma estação desconhecida.

Não era certo que João tivesse consciência da teia de cismas que havia tecido sobre a pessoa de Antônia. Tinha a cabeça assombrada com imagens da jovem, um caleidoscópio de imagens que governavam a sua vida. Antônia não era apenas uma mulher, mas uma fonte de imaginação que lhe inspirava os sentimentos mais profundos. Era, portanto, necessário libertar-se dessa obsessão, mesmo que para isso fosse levado a cometer atos à margem de códigos cavalheirescos. No dia seguinte, à hora certa, aguardou ao pé do cavalo pela passagem de Antônia. Quando a viu aproximar-se não hesitou: tapou-lhe a boca e carregou-a para o cavalo. Estranhamente ela não resistiu. A distância até ao armazém era curta, mas deu-lhe tempo para perceber que o sobressalto do seu coração era maior do que o da rapariga. Não estava à espera de ser ele o mais assustado dos dois. A atitude de Antônia pareceu-lhe surpreendente. Após o primeiro impacto, ela deixou-se conduzir docilmente. Quando chegaram, sentou-a numa das cadeiras e fechou a porta à chave. Antônia fixava-o com uns olhos grandes e alheados. A vida para ela era um espaço onde as pessoas se davam encontrões e faziam coisas más umas às outras e Antônia só poderia sobreviver a essas fatalidades com uma postura de menina indiferente. No seu rosto vislumbrava-se desprendimento, mesmo desinteresse sobre o que lhe poderia suceder. João Espanca não sabia como explicar aquele estado de abandono. Confuso, perguntou-lhe se desejava comer, tratando-a como se ela fosse uma boneca frágil. Antônia abanou a cabeça, com o mesmo olhar fixo, um olhar que nada refletia, nem amor, nem esperança, um olhar de alguém absolutamente só.

Interpretou essa passividade como uma atitude de aceitação ou então uma maneira de Antônia se proteger dos perigos que ele poderia representar. Perante essa possibilidade, João Espanca ganhou eloquência, prometendo-lhe um futuro. Afirmou que gostaria de ser poeta, de conseguir transformar as palavras numa luz riscada de amor, mas infelizmente não dominava a arte de versejar. Se o tentasse haveria sempre um desnível entre a qualidade das suas rimas e a intensidade dos seus sentimentos. Em todo o caso, jurava que ia cuidar dela, proporcionar-lhe uma vida de rainha, vesti-la com vestidos da última moda, comprar-lhe joias.

Antônia não respondeu, mantendo uma imobilidade inalterável, parecendo presa à perplexidade. O seu silêncio encorajou-o a aumentar o tom das súplicas. No lusco-fusco, entre a verdade e a mentira, criou cenários imaginários de pura felicidade, apresentando-se como um homem mortificado pelos tormentos de amor. O olhar dela ia mudando, como quem aceita o próprio destino, permitindo-se ser conduzida a um lugar que não era nem estranho nem maravilhoso. O mundo onde crescera estava preenchido por ruídos assustadores, um lugar temível e, Antônia não se importava de ceder o seu corpo em troca de proteção. Era como se tivesse consciência de que um dia teria de se entregar a alguém, seria impossível evitar para sempre a passagem de um homem pelo seu corpo. Mais tarde ou mais cedo, qual era a diferença? Quando Antônia lhe estendeu a mão para que ele a levasse para o quarto, João Espanca não exultou. Seduzira-a sem demasiado esforço. Desejava-a, mas não conseguia desistir de lhe dar o nome de uma palavra ferida. Queria-a, mas dentro de uma ilusão, como se ela fosse necessária para lhe deixar no coração a sensibilidade que antes nunca tivera. Questionou-se sobre o que ela teria pensado quando fora raptada. Será que já o amava quando a montou no cavalo? Ou teria feito o mesmo com outros homens?

Antônia não se despiu. Deitou-se de costas, enrolando as saias para cima para que João se servisse de si. Ao mesmo tempo foi-se retirando de ao pé dele, sem sair do seu lado. Fugia da avidez do macho para um espaço de ausência, desviando a alma da superfície da pele. Dormir com aquele homem era somente uma permuta por um destino menos duro e cansativo do que a vida de servir. Ainda tinha o sabor dele na boca, ainda ouvia os seus arquejos roucos e, no entanto, depois de tudo terminado, sentiu que não tinha sido ela, mas uma alguém inteiramente outra que se deixara penetrar.

O amor de João Espanca por Antônia era dependente de emoções derivadas da imaginação. Naturalmente poder-se-ia pensar que depois de lhe tirar a virgindade iria devolvê-la àquela realidade onde as mulheres eram todas iguais. Mas, isso simplesmente não aconteceu. Fez amor com ela, destruiu qualquer coisa e não tocou em nada. Essa foi a sensação que experimentou quando desfez o abraço e saiu da cama. Manteve-se escravo das metáforas que o nome de Antônia gerava na sua cabeça. Ela continuava a despertar sensações verdadeiras, tocantes e, em certo sentido, isso tornava-o num homem mais rico. Antes de se despedir, suplicou-lhe que ficasse. Ela acenou com a cabeça e a promessa deixou-o feliz.

Ao longo de várias semanas, João Espanca não se poupou a esforços para cativar Antônia. Cada vez que se unia a ela e regressava à sua casa, ficava com a dolorosa sensação de que a amante poderia evaporar-se enquanto estivesse ausente. Antônia era uma mulher jovem que nunca se misturava com as cores, permanecendo algures na sombra como se fosse um pássaro sem jardim, sem árvore e sem asas. Ele trazia-lhe sempre um presente, comprou-lhe boas fazendas, um grosso cordão de ouro, roubava flores de canteiros alheios. Jamais chegava de mãos a abanar, no entanto, nunca ela se regozijava com as suas prendas, tendo dificuldade em assimilar a ideia de que o amor dele era sério.

Antônia deitava-se com ele, mas entregava-lhe um corpo hostil com os seus punhais. Visitava-a uma a duas vezes por semana ao cair da tarde. Não sabia como ela ocupava os seus dias nem lhe perguntava. Mesmo com o amante à sua frente, havia alturas em que ela caía numa ausência total, exilava-se do mundo, não parecendo possível que fosse capaz de coabitar com outro ser humano. Às vezes, tinha discursos flutuantes, cheios de vozes interiores que falavam de coisas ininteligíveis, outras vezes construía lugares de silêncio. João Espanca esforçava-se por animá-la, sentindo necessidade de aconchegar naquela menina, a mulher morta e a mulher amada.

Até que Antônia o informou de que estava de esperanças e o seu comportamento alterou-se. A pele pareceu ficar iluminada com um brilho suave, o sorriso abriu-se como uma rosa à espera de ser colhida. A situação melhorou ainda mais quando a levou para uma casa herdada dos pais. A casa era pequena, separada das moradias mais próximas por largos metros, estando encafuada no meio de um arvoredo. A pouca mobília, quatro cadeiras, uma mesa, uma cama, uma arca e um lavatório de ferro foi esfregada por Antônia até atingir o tom da madeira envernizada. Quando lhe ofereceu algumas peças preciosas do seu espólio de antiguidades — um candeeiro de porcelana, o busto grave de um falso antepassado, um serviço completo de loiças de porcelana — os olhos de Antônia mostraram-se manifestamente felizes. Os primeiros meses de gravidez da amante foram venturosos.

João Espanca nunca mais conversara com Mariana sobre a sua amante. O casal seguia a linha do tempo e as suas rotinas com cordialidade, conseguindo ele ocultar as lacunas dos acontecimentos, justificando ausências, o que era apreciado por ela. Porém, o falatório que vivia nos murmúrios da populaça a propósito da recente gravidez de Antônia fez-se ouvir mais alto e acabou por chegar aos ouvidos da mulher. Uma noite, antes de sair para ir ter com a amante, Mariana recordou-lhe o trato sobre o bastardo. Exaltou as obrigações do matrimônio, louvou a unidade da família e as evidentes vantagens para a criança de ser criada numa casa com esses valores. Não houve acusações nem gritarias, no entanto, tudo na voz de Mariana indiciava mentiras. Amor, dever, sacrifício, as palavras que saíam dos seus lábios formavam outros nomes bem mais próximos dos da vingança. Expressava-se de modo deliberadamente sereno, mas fixando o marido de cima a baixo, desafiando-o a entrar num combate que pudesse redimi-la das humilhações sofridas. João não tentou contrariá-la; os seus argumentos pareceram-lhe incontornáveis; também ele não desejava que um filho seu fosse educado por uma mulher de emoções instáveis e incompreensíveis. Não queria, no entanto, correr o risco de embaciar a luminosidade dos olhos de Antônia, um brilho frágil em cima de vidro prestes a estalar.

Desde que engravidara, Antônia comportava-se com sensatez, parecia mais circunspecta e sempre zelosa da criança. Faltava pouco para o parto, quando o amante lhe comunicou que o bebê recém nascido teria de ser criado pela própria esposa. Foi um choque para João Espanca a sua reação violenta. Havia falado com ela com suavidade, referindo de modo vago o trato com a sua mulher, a fim de não se tornar evidente a teia urdida. Na obscuridade da pequena sala, Antônia afastou-se, fugiu para o retângulo da porta que dava para o jardim, ficando imóvel entre a casa e a rua, paralisada por um turbilhão interior. De seguida, aproximou-se do amante e desatou aos murros, socos femininos semelhantes a uma praga de insectos. Rapidamente, João Espanca dominou-a, falou-lhe baixinho, a voz numa carícia, tentando persuadi-la, procurando que acatasse a dor e a infelicidade em nome dos benefícios para a criança. Os olhos de Antônia estavam encarniçados de fúria, um olhar fulminante. Os braços do amante em volta da barriga eram uma jaula estreita da qual ela só pensava em libertar-se.

Ainda estava a preparar uma réplica que convencesse Antônia a aceitar o inevitável, quando ela escapou para o quarto, fechando-se à chave. Tentou falar com ela, esteve quase a ceder, dispôs-se a arrombar a porta e, por fim, partiu. O choro de Antônia atravessava as paredes, era um choro rude e animalesco, um choro como ele nunca antes ouvira.

Quando voltou na noite seguinte, João Espanca deteve-se longo tempo a espreitar a porta de casa, acabou por entrar, procurando sinais da amante na sala. Subiu ao quarto. Antônia estava deitada, alumiada pelo frágil brilho de uma lamparina de azeite. Olhos abertos contra o tecto, como se as vigas de madeira se assemelhassem a um céu de tempestade. Virou-se de lado com esforço e disse-lhe: "Estava a gostar de si, estava a começar a acreditar em si." Fez esta afirmação como se durante os últimos meses tivesse encontrado as palavras que a afastavam das coisas mais maldosas e desumanas e esta tentativa se revelasse inútil.

Ele comoveu-se e, nessa noite, ainda dormiu sobre o cheiro do cabelo de Antônia. No dia seguinte, a amante entrou em trabalho de parto. O seu coração de homem não suportou ver os traços da fisionomia dela alterarem-se com as dores, assim correu a pedir auxílio a Mariana. A sua mulher saberia o que fazer, sempre se mostrara à altura de uma figura eficiente e prática. A expressão implacável de Mariana quando lhe pediu para ajudar Antônia não o incomodou, só desejava refugiar-se na taberna mais próxima.

As dores transformam o espírito em matéria morta. Quando Mariana entrou no quarto acompanhada de uma parteira, Antônia arqueava o corpo como se as suas costas estivessem atadas a uma cruz de pregos e a cruz se unisse à sua carne. Os pensamentos haviam--se retirado dela, deixando-lhe apenas aquele corpo em sofrimento, um corpo a debater-se, a contrair-se, a resistir. Estava demasiado exausta para se indignar ou resistir à presença de Mariana.

A mulher do seu amante ajudou a parteira nos pre-parativos, segurou a mão suada de Antônia, limpou--lhe a testa febril com um pano úmido. Ao ver o tor-mento da rapariga, também Mariana deixou de se interessar por vexames antigos. Naquele instante, todas as raivas foram mitigadas, as humilhações apar-taram-se das mágoas para deixar vir ao de cima uma espécie de solidariedade feminina. Mariana não lidava com Antônia como sendo a mulher que lhe roubou o marido. Gemia com ela, encorajava-a, gritava-lhe, acariciava-a. O labor de dar à luz transportou Antônia para longe, conduzindo-a a uma clareira onde acontecem os milagres. Quando finalmente o bebé nasceu, a parteira levou-o para lhe dar uma palmada e só depois anunciou que se tratava de uma menina, de uma flor. Luz e sombra marcaram o nascimento de Bela. Talvez uma luz ténue, uma luz quase a apagar-se, gerando uma penumbra uniforme que lentamente se estendeu às duas mulheres. Mariana e Antônia haviam partilhado um momento singular, mas este havia terminado. Ainda mal refeita, Antônia pediu para ver a bebé. Ao sentir a filha nos braços, articulou debilmente as primeiras palavras com um sorriso de veneração: "Flor se chamará". Pousou depois as mãos nos peitos redondos, os lábios do bebé abriram-se à carícia dos seios. Mariana aproximou-se, parecendo recorrer ao mesmo tom com que acudira Antônia durante o parto, mas a doçura era agora uma percepção ilusória. Abençoou a criança com as rezas de uma oração que, na verdade, era ímpia e cruel. Exortou Antônia a repousar, o descanso era necessário para que recuperasse, insistiu, escolheu palavras piedosas em torno das quais zumbiam moscas traiçoeiras. Aguardou que Antônia adormecesse para pegar no bebé. Não havia compaixão nessa espera, mas, sim, um coração resoluto e prático.

Antônia acordou sozinha horas mais tarde, ainda não refeita das dores do parto. Procurou por Flor no berço. Moveu a cabeça de um lado para o outro por não acreditar que estivesse vazio. Permaneceu deitada alguns segundos, com o coração aos pulos até que, lentamente, conseguiu levantar-se. Estava atordoada, febril, mas só recuperaria a filha se fizesse alguma coisa. Com o desespero de uma cobra ferida, iria, se necessário, a rastejar até à bebé. Vestia ainda a camisa ensanguentada da noite anterior, uma camisa cheia de nódoas, às quais precisava de acrescentar manchas de leite. Apoiando-se às paredes, avançou três passos em direção à porta, mas voltou a cair. No chão, através da janela, conseguia ver o amanhecer, o mundo começava a despertar, porém ela só suplicava pela quietude da morte. Respirava com dificuldade, soluçava ensandecida e o silêncio da madrugada parecia refletir a sua perda. João Espanca encontrou-a desfalecida na manhã seguinte. Levou-a ao colo para a cama e chamou um médico que pouco mais adiantou do que a necessidade de repouso.

Durante uns dias a febre não cedeu. João pediu a uma vizinha para vigiar Antônia. Ia vê-la sempre que as ocupações permitiam, mas os seus afazeres haviam subitamente aumentado. A figura onírica de Antônia estava a mudar, começando a assemelhar-se à vulgaridade de uma amante comum. Tinha-a vislumbrado como uma deusa, havia-a incubado numa obsessão sensual que gerara uma vastidão de desejos. Mas a imaginação perdia intensidade, tanto assim que, numa das suas viagens, seduziu uma mulher, o que não acontecia há meses. No regresso, enquanto cavalgava, foi evocando uma sucessão de imagens onde, as reservadas a Antônia se foram parecendo com as de outras mulheres.

Não sabia muito bem o que fazer com uma amante doente que delirava visões de morte. Por fim, quando decorreu o tempo suficiente, Antônia emergiu do seu estado débil a perguntar pela filha. Por um feliz acaso, João Espanca estava ao seu lado quando acordou. Disse-lhe que a menina estava bem e que ela tinha de recuperar para fazer uma visita à bebé. Era sua intenção consolá-la, quando afirmou que o futuro da criança estaria assegurado se ela crescesse numa casa de família. Antônia ergueu ligeiramente a cabeça, os olhares cruzaram-se. Não havia cólera nos seus olhos, nem sequer mágoa, nada a não ser um vazio de submissão à desdita. Ele incitou-a à cura em nome da saúde da filha: o leite da ama contratada secara, o dela era necessário à sobrevivência da bebé. Aquelas palavras fizeram mover a força de vontade de Antônia: iria poder ver a menina, embalá-la nos braços e essa era a sua única meta, o seu único desejo.

Não podia culpar ninguém, fora ele o principal responsável pelo descalabro. Conseguira convencer Mariana, pensou tê-la impressionado com argumentos persuasivos e ela concordou que Antônia viesse dar de mamar à filha. Os peitos fartos da amante conduziram-no à desgraça. Os mesmos seios que João Espanca arredondara na concha da sua mão, que aflorara com os lábios e desenhara com a língua, fizeram deflagrar uma guerra. A partir do momento em que Antônia passou a ir diariamente a sua casa, João Espanca deixou de ter um instante de sossego. A amante não se refreava na adoração à menina, embora soubesse que tinha de se separar dela. Embalava-a, cheirava-a, respirando-a como à própria vida. Mariana, por seu lado, afeiçoara-se à criança, queria-a só para ela e, recorrendo à virtude como arma, exigiu do marido que abandonasse a amante mal os peitos lhe secassem. Como tantas vezes no passado, perturbava-o a maneira como a mulher o atacava, conseguindo dar forma a uma lógica distorcida em que ela era uma santa e ele um desalmado. Fazia-o de um modo subtil, num tom brando, mas como se estivesse a debitar verdades que ninguém, com valores, família e moral, poria em causa.

Quando João ia visitar Antônia, ela mal lhe falava. Ele não podia ignorar o estado de desintegração do seu espírito. Nas raras ocasiões em que a amante abria a boca, proferia palavras que atravessavam um reino de incoerência: "Tu dizias que nunca me farias mal... a menina vai crescer sem mãe". Às vezes dormiam juntos, mas ela agarrava-se a ele a chorar como uma mulher deitada ao mar que, por acaso, encontra um barco onde lhe dão a beber água salgada.

Começou a acreditar que as duas mulheres, apesar de não serem aliadas, estavam unidas contra si, inventando golpes novos para o atacar. No comportamento delas insinuava-se o desprezo, porque apenas se interessavam pela menina. Decidiu partir, viajar tanto quanto possível, abandoná-las na sua disputa insana sobre a posse da criança. Nessas viagens, seduzia mulheres, envolvendo-se em encontros sem orientação afetiva, daqueles que não definiam histórias nem geravam novas memórias.

Mariana e Antônia continuam frente-a-frente e o silêncio faz estremecer os alicerces da casa. Aquele silêncio é o mais temível dos silêncios, porque funde palavras reprimidas com pensamentos cheios de raiva. Antes de Antônia sair, trocam algumas afirmações insípidas sobre a bebé "Mamou bem", "Só acordou uma vez durante a noite". As palavras incham-lhes na boca e os lábios vão ficando gretados por causa de tudo o que calam. A contenção do ódio arrepia-lhes o corpo, sobressalto que é difícil de conter e se propaga à menina adormecida. A criança acorda e chora sem outro motivo senão o facto de ser um bebé. As duas mulheres levantam-se ao mesmo tempo e as testas chocam na precipitação de a socorrer. Fixam-se como se a turbulência da raiva as tivesse cegado. Não morrem de ódio, porque nem na morte o rancor esgotaria a sua sede. Não há amor nem salvação para a menina nas tumultuosas águas onde navegam aquelas mães. Talvez por isso, o sono que envolve de novo a bebé estende sobre ela uma manta protetora.

Interlúdio 2

Sou eu que me lembro ou são devaneios que tecem por mim o fio de memórias perdidas? A recordação existe por debaixo dos olhos fechados do meu pensamento, ou são os olhos da infância que permanecem como a única visão para a passagem do tempo? Nunca encontrei resposta, talvez por esse enigma se confundir com aparições de mim anteriores à própria consciência.

É com a imaginação que me vejo em imagens onde comecei andar. Não sou capaz de medir a linha do tempo e do espaço nem tão pouco de desvendar as lacunas dos acontecimentos. Porventura, terei caído e tentado levantar-me com irredutível vontade, eventualmente procurei impulsionar-me contra o chão com a força das minhas diminutas mãos até recuperar um efémero equilíbrio, continuando a avançar, sempre à beira de um abismo, aos tropeções, mas feliz. Acredito nessa felicidade porque me observei a sorrir nas fotografias que o meu pai me tirou. Uma figura minúscula sob uma luz antiga e é nessa menina que talvez as ansiedades do passado se liguem aos acontecimentos da minha morte.

Para chegar à verdade dessa época em que era tão pequena tenho de passar por memórias elaboradas na ficção. A madrinha Mariana, pouco antes de morrer, voltou a mostrar-me essas fotos de cor sépia, descrevendo comportamentos próprios de uma criança de tenra idade. No entanto, a madrinha, quando comentava a minha figura de laçarotes, aparentemente embevecida, jamais referia as vozes que se agitavam no interior das minhas recordações. Não sei se recordo ou se o que evoco são apenas desejos da minha imaginação, mas lembro-me da voz da minha mãe em surdina. Cantava-me canções de embalar em segredo até desaparecer misteriosamente debaixo de um manto de silêncio. A angústia do seu desaparecimento foi-me assim entregue, deixando-me sozinha com uma ausência sem expectativas. Dizem que as crianças se libertam do que não compreendem, escapando assim ao sofrimento, mas não me parece que exista sempre um paraíso na infância. Essa lembrança da minha mãe ter-me-á legado um sonho no qual a morte se confunde com a sua silhueta apaziguadora.

A minha mãe terá sido uma mulher ou uma aparição da morte? É para esse local de ausências, onde me encontrei com ela que sempre aspirei regressar. Ainda não falava, ainda não era capaz de o desejar, mas já pressentia que a morte teria a figura da minha mãe e nela aninhar-me-ia num sono amoroso como nos seus braços.

A minha mãe era essa silhueta atrás de uma cortina, uma voz transformada em murmúrio. Não tinha olhos nem boca, mas os rostos do pai e da madrinha apresentavam contornos bem definidos e as suas vozes desafinadas fizeram-se ouvir nas minhas lembranças desde cedo. A voz da madrinha Mariana era a mais estridente e ressoava nos meus ouvidos para me censurar pelo simples facto de existir. Tendo em conta que fazer acusações dessa natureza a uma criança tão pequena não apenas era errado, como inaceitável, a madrinha justificava-se com razões bem diferentes daquelas que a faziam agir. Mentia para si própria, acreditando que a severidade era necessária para me educar. A sua voz propagava-se por toda a casa, num tom de carícia fria, mesmo quando dizia "minha pequenina". Às vezes, chamava-me para que fosse ter com ela, esticando os braços para a frente. Com a pureza infantil de quem não sabe que o amor pode ser contaminado por intrigas humanas, avançava nos meus passos vacilantes, mas esperavam-me dois braços rígidos e uma expressão impassível. Era raro a madrinha esboçar um sorriso para mim.

As lembranças vão pondo de parte a efabulação. As palavras da madrinha vinham contra mim e tinham o poder de me fazer chorar e quando eu chorava, ela ainda ficava mais zangada. São factos— lembro-me deles — e não distorções da memória. Não teria ainda três anos, não compreendia muito bem o que a madrinha queria dizer quando repetia: "maldito seja o meu destino por ter de criar uma enteada bastarda" ou "filha do Demo, Deus me perdoe". Não só eram palavras más como se aplicavam a mim. Desconhecia o que era uma bastarda, mas acreditava que seria uma coisa nojenta. O olhar da madrinha confirmava-o e a sua voz arrogante e furiosa soava como se quisesse desfazer-me. Ela era indecifrável, até no nome pelo qual a devia chamar. Certos dias, obrigava-me a chamá-la de mãe e noutros de madrinha, dando-me a entender que o seu afeto diferia consoante a designação usada. O comportamento da madrinha insinuava--se na ambiguidade. Quando estávamos sozinhas em casa, existia nela uma raiva súbita, mesmo quando eu estava sossegada a brincar. Havia sempre a ameaça velada de uma bofetada repentina com as costas das mãos, era arriscado sorrir quando não se devia sorrir ou não sorrir quando devia fazê-lo. E o mesmo sucedia em relação a tantos outros comportamentos. Perante as vizinhas e as suas amigas, ela exibia-me como sendo a sua menina, o que era uma palavra estranha na boca da madrinha.

Aos domingos, sobretudo de Verão, fazíamos piqueniques nas charnecas em flor. Todos na família afirmavam que eu era linda, um anjinho de asas recortadas, sem a menor sombra de dúvida, um anjo inocente. Passavam-me de colo em colo, de beijo em beijo, bocas vermelhas de lábios suaves, mulheres velhas e novas que, ao mesmo tempo me beijavam, murmuravam entre si um segredo mal guardado.

Às vezes ouvia de novo a palavra "bastarda" no meio da conversa das mulheres. Os seus comentários eram-me dirigidos, sabia-o instintivamente e sentia-me assaltada pela vergonha, terrivelmente embaraçada. A madrinha exprimia-se com aparente benevolência, mas rapidamente era tentada pela crueldade ao descrever algumas das minhas maldades. Afastava-me, evitando expor-me a situações que demonstrassem tristezas, tentando não verter uma lágrima. No meio de tantos rostos, faces que me pareciam todas iguais, estava o meu pai. Era pequena, mas suficientemente crescida para articular o desejo que ele me visse sempre bonita.

O amor do meu pai era também algo instável, mas, pelo menos não havia ressentimentos quando me transportava ao colo. Era um homem encantador, de gestos vivos e piadas violentas, porém, simultaneamente reservado. Tinha uma vida movimentada, vivida por ele a uma velocidade que tornava fastidiosa a existência de todos os outros. Andava sempre em cima das novidades da técnica moderna, falava de um tal vitascópio e ocupava-se com mil negociatas, viajando para planícies longínquas com os seus montes salpicados de oliveiras e sobreiros. Raramente permanecia muito tempo em casa, todos os cantos do mundo eram seus. Quando o meu pai reparava em mim, perdia-me daquela sensação de criança escondida. A sua presença trazia-me uma espécie de felicidade, que se desvanecia sempre que ele partia.

Era especialmente feliz naqueles piqueniques de família em que o meu pai me dava a mão. Procurávamos um sítio aprazível para almoçarmos, um local ermo onde os rosmaninhos, os alecrins, as estevas e as moitas nos envolvessem com o seu perfume selvagem. É uma lembrança extraordinariamente nítida, de uma clareza perturbadora, aquela em que o meu pai me parecia o único rosto de homem possível. Eu caminhava a seu lado e a sua mão sobre o meu cabelo era uma tiara de puro ouro, fazendo de mim princesa. A madrinha dizia que o amor divino sempre respondeu a todas as necessidades humanas, mas eu desconfiava dessa frase. Num turbilhão de emoções desorganizadas e pensamentos sem nenhuma ordem, o amor do meu pai era a minha única necessidade.

Depois do almoço, o meu pai esquecia-me, entrando numa alegre profusão de conversas entre amigos. Eu andava pelas redondezas, pé ante pé, à volta daqueles homens, uma sombra no meio dos arbustos, ficando a assistir aos seus diálogos, absorta, na esperança de que o pai trocasse impressões sobre mim ou me fizesse algum elogio. Ele, porém, só voltava a lembrar-se da minha existência, no momento de tirar uma fotografia. Além da foto de grupo, fazia sempre uma comigo sozinha. "Sorri para o pai, minha querida. Deixa-te estar assim", dizia-me e eu sorria de uma dúzia de maneiras especiais e secretas. Aprendi a namorar a câmara, a seduzi-la, projetando um olhar embevecido.

Enlaçava as mãos como observara nas damas elegantes e inclinava a cabeça num gesto insinuante. Enquanto modelo só desejava consagrar-me numa imagem luminosa. A claridade da minha face, a sua expressão cativante, poderia prender o meu pai a uma afeição poderosa. Ele adorava as suas fotos e estando eu nelas, poderia encontrar uma moldura para o nosso amor.

As contínuas viagens do pai por todos os lugares do mundo faziam-me sentir verdadeira angústia por acreditar que não persistia nas suas lembranças. Naturalmente, não tinha idade para entender esse sentimento, deturpava-o de um modo infantil. Era possuída por raivas súbitas e atribuía as minhas lágrimas a motivos pueris: desejava brincar com as pedras, correr por toda a extensão do campo, apanhar mais flores e não regressar a casa. E a madrinha, evidentemente, só podia ser ela, fechava os olhos e gritava comigo.

A infelicidade foi uma das constantes dos meus primeiros anos, uma espécie de zumbido agudo e incessante cheio de coisas que era incapaz de nomear. Porém, aos quatro anos, descobri que as palavras tinham poder sobre a realidade e se rimassem passavam a ser órgãos da alma. Numa tarde de Verão quente, uma prima distante recitou uma poesia de um livro que trouxera para o piquenique. É curioso como imagens momentaneamente incompletas se juntam de repente com nitidez. Revejo a rapariga ainda jovem, recordo a sua figura frágil usando um vestido branco e um chapéu de palha ridículo. Sobretudo, lembro-me da sua voz, destacando cada verso, explodindo no centro do silêncio. A voz dela era um murmúrio que ressoava, chegando a paragens tão longínquas como as extensas searas de trigo do Alentejo ou às montanhas de Espanha, do outro lado da fronteira. Aquela voz branda atingia cada homem, mulher e criança no interior da sua alma, misturando-se com os seus sentimentos mais íntimos.

No final todos bateram palmas. Nesse momento descobri que o meu destino seria o de escrever poesia, transformar pedaços de tristeza em versos e aguardar pelos aplausos. Aquela súbita revelação fez-me agarrar o livro da minha prima. De pé, no meio de uma clareira, rodeada pela família, abri uma página e inventei um poema como se o lesse. O ar entrava no meu peito e depois expirava com força, de olhos fechados, baloiçava o corpo como uma árvore à medida que roçavam pelo meu espírito novos versos. Uma leve brisa de Verão bafejava as ramagens das árvores e levantava os meus cabelos. De face corada, no fim, olhei em volta, lançando um olhar furtivo à assistência. Houve silêncio e intensidade sob um sol de assombro, depois as palmas foram ainda mais ruidosas. O meu pai pegou-me ao colo e o meu coração infantil ficou em festa.

Aquele instante marca uma fronteira, um sinal que levou à criação de uma nova história para a minha vida. Tinha descoberto que as palavras poéticas podiam sarar feridas. No dia seguinte, o meu pai voltou a partir e eu passei a sonhar com os lugares imaginários onde ele me poderia levar quando fosse mais crescida. Para sobreviver à madrinha, nas minhas fantasias, renascia poeta e o meu destino cruzava-se com versos incendiários lançados à multidão. É possível que esteja a confundir tudo, misturando memórias com acontecimentos posteriores. Aos quatro anos não teria entendimento suficiente para compreender a raiva do abandono, ao ponto de criar para mim um destino tão grandioso. A poesia penetrou completamente na minha relação com os sentidos, modelou-me a consciência, pretendendo revelar não apenas o meu espírito, mas também o de quem o compreendesse. Não sabia nada disso na época, tinha noção, no entanto, mesmo sendo uma criança que, para levar adiante essa vocação, precisava de aprender a ler. A façanha de inventar leituras poéticas convenceu o meu pai de que eu teria dotes singulares. Aos cinco anos colocou-me na escola. Aprendi a ler como quem descobre uma luz. A D. Leocádia, a minha mestra, ajudou-me com a cartilha maternal e, em menos de um mês, consegui que as letras deixassem o traçado de garatuja para se unirem a uma vastidão de significados.

Aos quatro anos sucedeu também a mudança maior da minha vida, a única que me fez cruzar com o verdadeiro amor. Foi de noite, depois da janta. A madrinha tinha-me mandado para a cama com uma severidade imperiosa. Pouco depois, escutei no andar de baixo vozes exaltadas, uma confusão de pragas, o sopro desabrido de uma gritaria. A madrinha lamentava-

-se, escutei os seus passos furiosos a subir as escadas, descendo-as pouco depois. Um silêncio intimidante tomou conta da casa. Inesperadamente, um gemido prolongado atravessou a noite. Saltei da cama tomada de pânico, sentindo o coração a bater em pulsações rápidas e irregulares. Em bicos dos pés, entrei no quarto ao lado. Na ténue luminosidade de uma lamparina, um menino olhava para mim com os olhos muito abertos e uma expressão de receio. Chamava-se Apeles, era meu irmão e entrou na família para me ensinar a adoração. Comecei a conversar até ele fixar os seus olhos esquivos em mim e esboçar um sorriso. Com a chegada do meu irmão, os olhos do amor passaram a iluminar todos os meus caminhos. Naqueles olhos luzentes, encontrei a minha infância.

Badajoz, Março de 1898

João Espanca empina o cavalo em frente de sua casa em jeito de despedida. Acena para Bela que o espreita da janela e vai-se embora. Naquele momento, a filha recorda-lhe Antônia, reconhece na sua expressão a mesma face exigente e mimada da amante, o ar vago e triste. Segue para Espanha, porém a sua vontade é chegar ao fim do mundo. Os seus planos são vagos, mas incluem uma ida até Málaga para apanhar um barco para França. Nenhum território é suficientemente distante desde que Antônia fugiu com outro homem para Évora. O sol ergue-se mais alto por cima das terras, mas sombras espraiam-se na poeira dos caminhos. À sua volta não existe senão a luz do céu, luz até onde a vista alcança, no entanto, o volume dos seus pensamentos cega-o com os arrebatamentos do seu desgosto. Antes de chegar a Borba, desata a chorar. Tem de descer do cavalo e encostar-se a um sobreiro. Sabe tanto e tão pouco do amor que apenas admite aquelas lágrimas se pertencerem a outro homem. Antônia dera-lhe dois filhos e muitos mais problemas. Reconhece no seu pranto a honra danificada, a humilhação sofrida, apenas isso. Não faz parte da sua sensibilidade ser possuído por mágoas de amor, ele que tantas vezes havia sido acusado de secura do coração. Ainda assim, o espantoso desprendimento de Antônia, a sua partida repentina, fá-lo sofrer este inesperado efeito sentimental. O facto de não ter identificado indícios, dificultara a aceitação, sobretudo tendo em conta que Antônia nunca revelara tendências de fuga, detinha até um espírito desprotegido, deixando-a vulnerável perante os ataques da vida. Em vão aguardara por ela, sonhara com um impulso de arrependimento da sua parte, mas não encontrara sítios para a sua chegada. Essas ilusões desfiguram-lhe o pensamento, prendendo-o a um tempo que não voltará. O regresso de Antônia mais não é do que uma fantasia, uma mera efabulação que continua a iluminá-lo com luz fria. Tentará consolar-se com novas amantes, passando a escolher mulheres que não gerassem nele emoções incompreensíveis.

Essa é a decisão que toma antes de montar o cavalo para se pôr de novo a caminho. Nessa noite chega a Badajoz. Aloja-se numa estalagem à entrada da cidade, uma autêntica espelunca. Pede a ceia e confraterniza com dois portugueses que estão de passagem. João Espanca não se interessa realmente pelos seus interlocutores. É-lhe indiferente que pareçam tipos asquerosos, que as suas roupas escuras tenham o aspecto de poeira apodrecida ou que o seu cabelo desgrenhado seja um ninho de piolhos. Deseja apenas conversar, buscando nas palavras uma espiral que o conduza ao esquecimento. Vai bebendo copos de vinho até ficar incapaz de pensar como se tivesse a cabeça cheia de detritos. As recordações competem com a embriaguez e pouco a pouco as memórias vão deixando de contemplar Antônia.

O serão avança e algumas prostitutas começam a rondar as mesas. A fraca luminosidade do ambiente encobre o seu ar decadente ou a aparência demasiado juvenil. Duas sentaram-se ao colo dos seus companheiros. João Espanca fixa aqueles rostos desfeados pela maquilhagem e sente a repugnância. Não está habituado a pagar pelos favores das mulheres, mas como não deseja transmitir uma imagem de frouxo, levanta-se da mesa disposto a escolher qualquer uma.

Na penumbra, depara-se com uma mulher-criança. Não teria mais de catorze anos. Coberta por uma densa nuvem de rouge, apenas vagamente se assemelha a uma dama da noite. Imita os gestos obscenos das companheiras, mas as narinas estremecem e os lábios estão comprimidos numa ténue linha vermelha. Escolhe-a, intuindo nela o cheiro do medo. Sabe que ela não terá outra alternativa senão seguir no seu encalço, ainda que, com um coração assustado. Troca com ela apenas as frases necessárias a um acordo. Pergunta-lhe o nome — Paloma — e o preço e com um sinal ordena-lhe que o acompanhe.

No quarto, manda-a deitar-se. Ela obedece, mas encolhe-se naquela cama larga demais para um corpo tão franzino. Os olhos da rapariga recordam-lhe o olhar ausente e vago de Antônia. Grita-lhe: "Porque me olhas assim?". Então repara que Paloma fechou os olhos com força e, como as crianças parece ter pavor em abri-los. Investe sobre ela com urgência, procurando impor-se como nunca conseguira fazer com a amante. A rapariga dá-lhe a impressão de estar morta, pressente nela o mesmo mutismo de agonia que o desesperava em Antônia. A raiva de João Espanca vai-se soltando. À medida que tenta despir a rapariga, sente que o rosto da amante se vai moldando à face da jovem rameira, os traços de Antônia refletem-se em diversos espelhos que nada têm que ver com a realidade. Uma terrível ventania de Inverno faz bater os portais da janela, uma baforada de ar frio penetra no quarto que o reconduz ao mundo, libertando-o de sensações ilusórias. Não é Antônia que está com ele, por isso desiste da rapariga. Manda-a sair debaixo de si, expulsa-a do quarto, tendo o cuidado de pagar os serviços rejeitados.

Quando a rapariga sai, João Espanca cerra os olhos. O vento faz vibrar as árvores da rua que se agitam furiosas num movimento de luto. Imagina Antônia ansiosa, com o seu ar de escuridão, os cabelos desalinhados, o andar apressado e comprometido, indo ter com o novo amor. A dor volta a inflamar-lhe o cérebro com imagens do passado. Tenta ordenar o vazio em que a amante o deixou, mas os seus pensamentos não conseguem agarrar a essência daquela mulher, afastando-o da compreensão.

Quando a filha nasceu, fugiu da guerra entre a amante e a mulher pela guarda da criança. Pouco dormia em casa, viajava a negócios o mais que podia, evitando Antônia até mais do que Mariana. Nas suas viagens, sobretudo nas noites claras, um fantasma com o perfume de Antônia rondava as suas insônias, um cheiro que lhe evocava a exótica mistura de amêndoas com rosmaninho. Ao regressar, passava sempre debaixo da sua janela, mesmo quando era tarde e só a escuridão definia os contornos da casa. A assombração de Antônia, não se assemelhando exatamente às suas memórias, continuando a arrastá-lo para tentações. Enquanto se encaminhava para a própria casa, esforçava-se por repetir para si próprio "estás livre daquela mulher", e essa ideia de liberdade revolvia o seu íntimo como a força motriz do seu futuro. Aspirava por reencontrar o homem aventureiro que havia sido antes de a conhecer, embora, para seu embaraço, não se sentisse realmente liberto.

Certo domingo, descobriu Antônia à janela a conversar com o filho de um lavrador. Nessa noite, dormiu mal, teve sonhos inquietos e acordou antes do dia raiar, aturdido de ciúmes. A possibilidade de o rapaz estar a namorar Antônia, confirmou a suspeita de que ainda não estava imune aos encantos da antiga amante. Aquela mulher continuava a desencadear sentimentos e sensações que, num estado normal, não fariam parte dele, aquela mulher era sua e de mais ninguém. Mais intenso do que a vontade pelo corpo de Antônia, era o ciúme amargo que transformava pensamentos em misérias noturnas. Dias depois encontrou-os de novo a conversar e essa visão tornou-se matéria inflamável. Não se conteve e, à vista de quem passava, esmurrou o rapaz. De seguida, entrou de rompante na casa e, surpreendentemente, em vez de esbofetear Antônia como era sua intenção, beijou-a. No instante seguinte, tinha-se deitado com ela e o seu sêmen escorria-lhe das coxas. Não lhe resistia, dava consigo a falar-lhe baixinho, a abraçá-la nos lençóis e a acariciá-la. Soprava-lhe o seu amor, sentindo-se uma onda a sonhar com a própria espuma. Ela respondia-lhe com monossílabos incertos, ainda e sempre fiel às dores acesas na sua alma. João Espanca receou que Antônia derivasse para atitudes erráticas, teve receio do seu abandono. Procurou as palavras certas para derrubar a barreira silenciosa das suas reservas. Veio-lhe à cabeça a ideia de um filho como se uma criança pudesse trazer um princípio de eternidade ao amor. Assim, disse-lhe simplesmente, tinha vindo para fazerem outro bebé e desta vez seria ela a criá-lo. Antônia voltou-se para ele e sorriu-lhe, um sorriso radioso.

Apesar de experiente em assuntos de mulheres, João Espanca entendia pouco dos labirintos tortuosos das suas mentes. Seria incapaz de imaginar que, quando dormia com Antônia, ela o aceitava como mero doador de semente. O desejo pela criança era a sua tentação e o amante, apenas um mal necessário. Com este sentido de felicidade proveniente da procriação, Antônia criava para ele uma realidade amorosa baseada em ficções.

Desta vez, João Espanca não revelou nada a Mariana sobre os seus planos com a amante. Um dos seus grandes dotes era a capacidade para não tornar as questões mais difíceis do que elas se podiam tornar. Porém, os segredos de uma vila pequena dificilmente são silenciados e as bocas venenosas levantam remoinhos imprevisíveis, ampliando a estridência dos escândalos. Era inevitável que, passados poucos dias, Mariana tivesse conhecimento das visitas do marido a Antônia. Uma sensação de vertigem apoderou-se dela quando a criada lhe mencionou o falatório da vila. Nesse mesmo dia, quando João Espanca entrou em casa, pediu-lhe explicações. Fixando-o de viés, com os olhos semi-cerrados, mas de forma serena, questionou-o por andar de novo atrás daquela rameira, tendo já uma filha. "Um filho macho para perpetuar o sangue e o nome da família é a aspiração legítima de qualquer homem", respondeu-lhe o marido com evidente mordacidade. Não tinha de se queixar, pois "o que um homem não encontra dentro de casa está no seu direito de o procurar fora", acrescentou. Mariana sorriu com frieza, concedendo com um breve aceno de cabeça que ele teria as suas razões, ao mesmo tempo que, com um encolher de ombros, desmentia qualquer ressentimento que as suas palavras pudessem ter transmitido.

Nesse dia, a conversa ficou-se por ali, porém, mal o marido entrava em casa, Mariana encontrava pretextos para se lamentar: ela era a esposa mártir a criar a filha bastarda. Bela deixou de ser uma criança de dois anos para encarnar um calvário, só por existir confirmava os seus sacrifícios e a consequente ingratidão. Nessas alturas, a boca de Mariana torcia-se, tentando conter a necessidade de chamar a atenção para as maldades da miúda.

Mariana gostava de Bela, era engraçada, admitia, mas também teimosa, birrenta, mimada. O ressentimento dividia-lhe as palavras ao meio, fazendo com que as suas atitudes estivessem desalinhadas com os elogios que lhe dirigia quando tinham visitas. Além disso, nunca a fixava nos olhos, o tom era quase sempre distante, mesmo quando parecia gentil.

Por mais de uma vez, João Espanca deparou com a sua mulher a esbofetear a criança com excessiva severidade. Também quando a levava a passar e, ninguém estava a ver, puxava-lhe a mão aos sacões como se fosse um cãozinho irritante. Passava o tempo a mandá-la calar, como se a sua voz infantil lhe desse cabo dos nervos. Ainda pensou intervir, mas a educação de crianças era assunto de mulheres. No entanto, até ele, naturalmente insensível, pressentia que Bela chorava demais, gemidos curtos e agudos, sequiosos de consolo.

O filho com Antônia fez-se e passado poucos meses nasceu macho. Desta vez João Espanca tratou ele próprio dos arranjos para o parto. Estava no quarto ao lado, quando escutou o primeiro choro do bebé e uma alegria irreal apossou-se de si. Mal a parteira lhe disse que nascera um rapaz, foi ter com a amante. Antônia jazia de olhos abertos, debaixo dos lençóis amarrotados, com o menino ao lado. Tentou falar com ela, procurou desesperadamente uma palavra para nomear aquela felicidade excessiva, contudo, todas lhe parecem de uma pequenez espantosa. Só ao fim de alguns instantes, conseguiu articular um nome: "Apeles, o rapaz vai chamar-se Apeles."

O momento do nascimento de Apeles marcou o apogeu do seu amor com Antônia e, subtilmente, o seu declínio. Durante uns tempos, os dias sucederam--se claros e cheios de esperanças auspiciosas. O verdadeiro lar de João Espanca era a casa de Antônia, ali encontrava-se com o seu sorriso enigmático, ali o seu filho balbuciava e mamava. Como sinal de perigo existiam apenas aqueles ataques de tristeza súbita em que ela parecia cair. Como é que ele poderia adivinhar que o choro do bebé replicava no espírito da amante os gemidos da filha arrebatada?

Certos dias, quando dava os seios ao menino, Antônia partia sozinha para visões de abandono que escureciam a auréola dos seus olhos com lágrimas. Desejara tanto aquele bebé e mal era capaz de olhar para ele. Esforçara-se por vislumbrar no amante maior utilidade do que a de mero procriador, mas esgotara essas expectativas sensatas. A sua alma vivia dentro de uma revolta reprimida que exigia a menina de volta. Por detrás dessa dor, espreitava uma formulação mais sombria, a de que ela era tão culpada de ter abandonado a filha como a sua mãe de a ter abandonado a ela. Antônia usava os momentos de intimidade para suplicar ao amante a devolução de Bela. João tentava iludir a sua obstinação, afirmando que aquele arranjo era o melhor para o futuro da menina, afinal uma rapariga para arranjar um bom casamento precisava de ser educada numa casa de família. O que ele nunca teria esperado, o que jamais teria imaginado sequer era a descida a pique de Antônia para o mutismo. Com a tenacidade de uma onda, no dia seguinte, insistia no mesmo pedido e, de cada vez que ele lhe negava a filha, ela passava a espraiar-se no silêncio. Não o olhava, não lhe respondia, permanecia imóvel, opaca, uma janela fosca que não se deixava espreitar além do vislumbre de uma ténue sombra. Como se já estivesse de partida, não só ela, mas também o seu coração.

Em vez de se mostrar deslumbrada e feliz com o novo bebé, em vez de acariciar e cheirar a sua pele, dava-lhe de mamar em estado de alheamento, um espírito flutuante que parecia não pertencer àquela casa nem a nenhum lugar. Eram inúmeras as vezes que João Espanca chegava à casa da amante e o menino chorava alto. E como eram ensurdecedores os seus gritos! Antônia balançava-se numa cadeira de baloiço, como se aquele ritmo definisse uma loucura mansa, dando ideia de não dar conta dos gemidos criança. Ele tirava-lhe o filho dos braços, o bebé parecia zangado, os punhos minúsculos em contínua agitação. Depois levantava o menino para o mostrar à mãe, para que visse como ele era perfeito.

Apeles revelou ser uma criança bem-disposta que sorria muito e dormia toda a noite, um sono doce e delicioso. Aprendeu muito pequenino que o seu encanto não era suficiente para quebrar as correntes que uniam a mãe ao mutismo. Quando tinha fome, gritava, vagidos intermináveis, e alguma vizinha vinha ter com ele. Às vezes, eram várias as mulheres que entravam pela casa adentro como uma horda invasora. Limpavam e davam de comer ao filho e à mãe. Algumas das vizinhas, umas novas, mas já curvadas sobre o nariz adunco, outras velhas, de vestes indistintamente negras, esperavam João Espanca chegar para denunciarem o abandono do menino.

Os tempos bons e maus alternaram. Antônia acabou por recuperar desse estranho desespero, mas, aos seus olhos, João Espanca passou a ser uma planta daninha, cheia de espinhos, que lhe tirara os filhos e a luz. A presença do amante gerava-lhe uma angústia tão intensa que já não suportava as manifestações físicas do seu desejo. Aquele estado de infelicidade agravou-se ao ponto de entrar num ciclo de rejeição em que só via como possibilidade uma fuga desordenada.

João Espanca desconhecia que Antônia se esgotava em tormentos. Uma noite regressou de uma viagem de negócios a Évora e deu com um coro de vizinhas furiosas à porta de Antônia. As mulheres habituais, velhas e novas, magras e gordas, competiam entre si nos insultos a aplicar à conduta de Antônia. Apeles era passado de colo em colo como a figura de um inocente menino Jesus. Ao aproximar-se, teve a impressão de assistir a uma cena de teatro num palco onde as figurantes gritavam demasiado alto para entender a voz da verdadeira atriz. Uma convulsão de palavras, relatos uns por cima dos outros, impediram-no de compreender o que se passara. À força de contenção e de muitas perguntas, conseguiu finalmente apreender que Antônia teria fugido, deixando Apeles à porta de uma das vizinhas. "Com a friagem da manhã o menino poderia ter morrido", disse uma, emprestando grande veemência à eventualidade da desgraça. "Estava praticamente nuzinho", acrescentou outra num tom de furiosa censura.

Teria sido difícil proibir aquelas mulheres de cumprirem o desígnio de apedrejarem Antônia caso ela estivesse presente. A sua raiva decorria em parte da impossibilidade de o fazerem. A fuga da amante impedia-as de a castigarem com as próprias mãos, mãos limpas de mulheres honradas. Antônia privara-as do prazer de a punirem exemplarmente pelo seu olhar provocador, o seu corpo sensual e os impulsos de luxúria que desencadeava nos homens.

Atordoado, atingido em cheio no coração, como se de um momento para o outro lhe tivessem arrancado a pele e deitado fogo ao corpo. Foi assim que João Espanca se sentiu quando soube da fuga de Antônia. Depois de alguns minutos em silêncio resultante do choque, quis saber pormenores. Para onde é que Antônia teria ido? Havia fugido sozinha ou acompanhada? As respostas que obteve foram simultaneamente vagas e medonhas. Antônia só poderia estar em algum local não assinalado nos mapas conhecidos por almas virtuosas. O mais certo era ter por destino uma cidade ou um país onde se só se praticavam imoralidades. Porventura Lisboa ou Badajoz, onde, sem dúvida, acabaria a exercer o ofício de rameira. Enfim, não sabiam nada, concluiu. A única coisa que podia fazer era levar Apeles para casa. Pegou no filho ao colo. Embora a sua aparência fosse a de um homem distante, imune ao sofrimento, mal se afastou das mulheres, os olhos inundaram-se de lágrimas e abraçou-se à criança.

Os últimos anos tinham marcado Mariana com o ferrete do ressentimento. Apesar da escalada das coisas — João Espanca já nem escondia que dormia em casa da amante — e do peso correspondente em vergonha e sofrimento, nunca acusou o marido de abandono. Não que a amante a perturbasse por demais, mas era excessiva a sua ostentação pública e isso representava uma transgressão das regras da decência. O seu principal problema era o falatório da populaça, a língua das mulheres da terra sempre a lamber na mesma ferida. Esforçava-se por transmitir a ideia de que nada daquilo a abalava, mesmo tendo um marido que se comportava diante de toda a gente como se vivesse um amor abençoado. No entanto, quando João Espanca chegou a casa trazendo o menino ao colo, uma tensão de anos explodiu na sua boca. "Não bastava ter uma amante quase na mesma rua!... Tinha também de fazer filhos à galdéria com o cio danado dos cães para a seguir os entregar a mim", gritou, com a fúria de um animal eriçado. Ao mesmo tempo, deu-lhe enorme satisfação aceitar a criança, podendo deste modo evidenciar mais uma vez a grandeza do seu coração.

Cada dia traz consigo o seu penar e os seus castigos, os de Mariana eram as idas à rua com Bela durante o período em que o marido esteve amantizado com Antônia. Para admitir o deslumbramento de uma luz num sonho escuro é necessário ter avistado, nem que seja por uma vez, um clarão no céu. Esta imagem poética, aproximada a um devaneio onírico, seria interpretada por Mariana como uma temível metáfora do diabo por não compreender a sensualidade do amor. Em todo o caso, o seu orgulho altivo fazia-a erguer o sobrolho acima de qualquer cumprimento. Tudo era disfarçado: a cólera, o ressentimento, contudo não podia ocultar a criança. Mesmo com um coração de ferro, às vezes tinha receio de não aguentar. Sobretudo quando alguém da família do marido lhe apontava a bênção daquela menina, tendo em conta que ela própria não conseguira conceber. Mariana ouvia e fixava o seu interlocutor, um olhar cândido e imperturbável, parecendo dar a entender que concordava. Ignorava os comentários e, sentindo-se a habitar a própria máscara, deixava que a distância entre ela e os outros aumentasse, uma barreira intransponível.

Podia, evidentemente, ignorar falatórios mordazes, mas era impossível fingir que Bela não existia na sua vida. Uma criança caprichosa, difícil, que ela amava e detestava, sem se interrogar sobre a contradição. Certos dias, os olhos escuros de Bela comoviam-na. A menina transportava aquela luz esplêndida da infância capaz de iluminar e fazer esquecer qualquer desgosto. A visão da criança, de manhã ao acordar, inundava-a de piedade. Bela tinha tudo em seu desfavor: uma rameira como mãe, um pai irresponsável. Não desejava que o mundo a visse através das suas trágicas origens, por isso era tão exigente. Ensinava-lhe boas maneiras, a dizer obrigada com uma vênia, a caminhar direita para que os seus passos de menina sugerissem o traçado de um voo.

Às vezes, Mariana não conseguia decidir o que lhe parecia mais chocante: o amor pela menina ou o ódio incontido. Mortificava-se com essa raiva, afinal Bela era uma alma inocente que merecia a sua compaixão e, no entanto, também a responsabilizava por esses sentimentos impróprios de uma alma cristã. Sujava-se mal lhe vestia uma roupa lavada, fazia birras suspendendo a respiração, revirava os olhos para a deixar aflita. Às vezes desaparecia sem deixar rasto. Encontrava-a pendurada numa das janelas da casa, espreitando a rua com um olhar de saudação ao mundo. De algum modo, Bela havia memorizado algumas expressões da mãe, uma cópia minúscula, mas igualmente ordinária ao ponto de se tornar um sacrifício olhar para a miúda. Um sopro de Deus segredava-lhe a tolerância, mas uma brisa repentina desviava-a dessas intenções piedosas e acabava quase sempre aos gritos.

Aquela criança tinha de aprender a obedecer-lhe e a não acrescentar mais feridas a uma cicatriz antiga.

Na noite em que Antônia o abandonou, depois de entregar Apeles à mulher, João Espanca foi fumar cachimbo para a varanda. Sentiu a friagem da noite, escutou o último eco do sino da igreja e depois a absolvição do seu silêncio. Corria uma brisa gelada, mas a fuga da amante fazia soprar um vento muito mais violento no seu interior. Doía-lhe a forma como Antônia tinha partido e misteriosamente sentia a falta dela. A noite envolvia-o numa escuridão latejante. Perguntas, um turbilhão de perguntas, tomava posse do seu espírito com o peso de uma dor de cabeça. Teria partido sozinha ou acompanhada? Há quanto tempo estaria ela a atraiçoá-lo?

Desde a altura em que um homem se fixa ao perfume de uma fêmea deixa de suportar a suspeita de outros cheiros masculinos. O cérebro de João Espanca não tinha capacidade para absorver a possibilidade de uma traição. Apenas a imagem da amante sepultada num túmulo frio lhe apaziguava os seus demônios. Teria de descobrir o seu paradeiro, nem que para isso fosse necessário sacudir o eixo da Terra.

O afazer de encontrar Antônia tomou-lhe vários dias. As pistas conduziram-no a Évora. Quando lhe enviaram um telegrama a informá-lo de que a amante fora vista na cidade, partiu de imediato. Durante o percurso quase enlouqueceu a montada, fustigando-a com o chicote. De certa forma, unia-se ao cavalo e à loucura. Precisava de saber quanta traição ela lhe impusera e, caso se confirmassem as piores suspeitas, era sua intenção vingar-se, devastando-a a ela e ao passado. Luto e ciúme misturavam-se provocando-lhe instabilidade e compulsões de fúria. Nunca admitiria de si para si, mas também galopava atrás de uma esperança de reconciliação e presumíveis arrependimentos. Inconcebível seria não tornar a amá-la, muito mais do que matá-la.

Chegado a Évora demorou ainda um dia a encontrar a morada de Antônia, descobrindo que vivia por conta de um caixeiro-viajante numas águas furtadas. Ao longo de dois dias vigiou-a de uma taberna em frente à sua casa, com a intenção de a surpreender num momento oportuno. Nunca correspondeu às tentativas de outros clientes para entabular conversa. Ficava ali, sentado num banco corrido, a olhar para a rua, ao mesmo tempo que, com a imaginação, se deixava possuir por visões sanguinárias. Apenas despertava do seu transe para pedir mais um copo de vinho. Qualquer palavra adicional seria excessiva enquanto se tentava acostumar à ideia de a matar.

Só avistou Antônia à noitinha. Viu-a a estender roupa à janela. Não chegou a fixá-la por inteiro como numa fotografia, vislumbrou-a antes em fragmentos que, ao se unirem, o abandonaram subtilmente na solidão. Um alvoroço que era ao mesmo tempo fraqueza e perplexidade. Os cantos da boca de Antônia abriam-se num sorriso para cumprimentar uma vizinha. A voz perdera o timbre triste e a expressão a névoa no olhar. Era ela, mas os gestos não coincidiam com a sua atitude habitual, parecendo liberta de maiores sofrimentos. Era ela e simultaneamente uma estranha, continuando, contudo, a reacender as mesmas emoções de quando a conhecera.

No dia seguinte, pela manhã, João Espanca viu Antônia sair de casa e decidiu segui-la à distância, somando os seus olhos aos de outros homens. Ia às compras ao mercado na rua de cima. Sorria, saudava os vendedores com simpatia. Um ténue fulgor de claridade colara-se ao rosto. Observar Antônia gerou nele ondas de choque. As ideias sanguinárias foram sendo substituídas por uma teia de sentimentos dolorosos, não havendo em si palavras para descrever mudança tão radiosa. Para travar aquela tortura, simplesmente abandonou a perseguição.

Ao acaso entrou numa taberna e pediu um desjejum. Sentou-se e comeu mecanicamente. Estava demasiado surpreso para reparar no pão com chouriço e no copo de vinho, a perturbação digeria ainda as imagens reflectidas no seu cérebro. Aquela mulher que observara não revelava os sentimentos vulneráveis nem as atitudes apáticas de Antônia, era outra surgida a partir de um golpe de prestidigitação. Olhou em volta em busca de algo que o entusiasmasse, todos os seus pensamentos provinham agora da necessidade de se libertar. Por coincidência, os homens sentados na mesa ao lado, mencionavam um novo aparelho que fazia mover imagens fixas dentro de uma animação.

Chamava-se vitascópio e um dos homens vira-o em Paris. João Espanca meteu conversa e quis saber tudo sobre essa máquina extraordinária. As imagens eram enroladas sobre uma roda com a velocidade de uma locomotiva, explicaram-lhe. Depois ao passarem pela máquina, misturavam-se e ganhavam vida, tornando--se mais reais do que quaisquer outras projetadas pelo mundo.

Uma máquina capaz de intensificar os poderes da percepção! Encontrara outra razão para onde orientar o olhar da sua perplexidade. Podia afastar-se das recordações de Antônia, tirá-la da cabeça, iluminar a mente com questões bem mais interessantes. Que aventura o esperava! Iria a Paris comprar aquele aparelho e seria o primeiro a trazê-lo para Portugal.

Numa semana tomou todas as disposições necessárias para viajar. Mas, naquele quarto de albergue em Badajoz, depois de a puta menina ter saído, as lembranças de João Espanca fazem com que ouça de novo a voz de Antônia, anunciando-a ainda na saudade. É apenas um momento anterior ao esquecimento. A ideia de a aprisionar no interior de um casulo onde se encontravam todas as pessoas anônimas, ainda lhe traz sofrimento. Tinha de reconhecer, no entanto, que o seu passado com aquela mulher só lhe trouxera quimeras, crises e desespero. No dia seguinte, estaria em condições de partir rumo ao desconhecido, mesmo que naquele instante ainda se deixasse levar pela correnteza das lágrimas. Sim, no dia seguinte seguiria o seu caminho, obrigando-se a não ter memórias que pudessem intervir nos seus planos. Prosseguiria viagem, não sendo da sua natureza questionar-se sobre se esse seria o recomeço certo.

Interlúdio 3

O amor tem melhor memória do que o ódio. Porventura, será uma ilusão, mais uma das minhas quimeras, mas gosto de acreditar que o que a memória ama permanece eterno. Talvez por isso, coisas aparentemente insignificantes fixam-se às lembranças como por exemplo o ruído dos passos do meu pai depois de quatro meses de ausência. Voltava de uma viagem a Paris na qual comprara o primeiro vitascópio de Portugal. Revejo a sua expressão maliciosa ao regressar, o rosto iluminado por uma luz suave de fim de tarde, mas também os olhos velados da madrinha, um olhar marcado pelo declínio do seu casamento, e as suas saudações frias.

Nessa mesma noite, depois do jantar, eu e o Apeles ficamos sentados ao seu colo, um em cada perna, extasiados com as histórias que ele nos contava. O meu pai deitava a cabeça de lado e franzia os olhos como se fixasse a mira de uma câmara fotográfica ao mesmo tempo que descrevia as suas aventuras. Em Paris, dedicara-se decerto a façanhas galantes, cujos pormenores necessariamente omitiu, porém insinuou-os entre dúbias afirmações. "Aquela cidade concentrava luz sobre as mulheres", afirmou a certa altura, fitando longamente a madrinha. Ela devia estar ciente da expressão gélida que o seu rosto adotou, mas manteve a compostura e o silêncio. O meu pai prosseguiu com as suas histórias até que o Apeles e eu adormecemos ao seu colo.

Neste caso a memória não se diverte comigo, semeando omissões sobre um cenário. Lembro-me e a cena é nítida e precisa. Visões mais turvas envolvem as minhas primeiras lembranças com o Apeles, sem conseguir precisar a sucessão do tempo. Disponho, no entanto, de muitas recordações em que o meu irmão está no centro de tudo, apagando outras figuras. A partir do momento em que veio viver connosco, os seus olhos devolveram-me a esperança, rindo para mim como nenhuns outros. Apeles, meu querido menino! Foi sobre o seu peito que a minha cabeça descansou num enamoramento perpétuo, mesmo após a sua morte. Depois do acidente de avião, fiquei retida no interior dessas imagens sépias, beijando-o na fronte e nos lábios como quando éramos pequenos.

Quando veio para a nossa casa, o Apeles afeiçoou-se a mim e nunca mais fiquei só. Fazíamos tudo em conjunto e duplicávamos as tolices, como se tivéssemos pensamentos geminados. Durante os passeios de domingo pelas charnecas, dava-lhe a mão, desejando que ele observasse a natureza através dos meus olhos. Mostrava-lhe insectos e aves e inventava histórias com sentido épico para as razões dos seus voos. Também à noite, antes de ele adormecer, contava-lhe histórias. Penetrava numa espiral de ficções extravagantes com barcos de piratas e batalhas marítimas de rara ferocidade, caçadas em África e outras odisseias turbulentas. Ficava sempre no seu quarto até ele adormecer e a sua respiração se tornar mais suave, sentindo o seu hálito como o de um anjo afastando o toque da morte. O Apeles era uma criança agitada, mas reagia à minha voz como se escutasse uma flauta hipnótica. Foi ele quem me devolveu à infância, porque os seus olhos brilhavam para mim como uma saudação de ternura, sem que fosse necessário fazer alguma coisa. Foi o meu menino e o único a ensinar-me as promessas do amor, nenhuma das paixões devoradoras, das muitas que tive, o conseguiu nem me proporcionou o mesmo prazer. Nada é mais delicado do que uma relação entre irmãos e nada do que a vida nos oferece mais tarde — as ligações amorosas, os casamentos auspiciosos — tem a força dessa aliança.

A madrinha amava mais Apeles do que a mim. Era das poucas coisas que não lhe levava a mal. Não me importava que ela me acusasse quando era ele quem fazia os disparates. Era-me indiferente que ela se zangasse só comigo, apesar de a sua atitude me deixar o coração cheio de dúvidas sobre a bondade da minha pessoa. Baixava a cabeça quando ela ralhava, elevando-me ao mesmo tempo acima da realidade. Talvez tenha sido assim que me tornei sonhadora. Em vez de me entregar aos sofrimentos trazidos pela voz da madrinha, adicionava-me às quimeras, criava ficções onde ela era apenas uma criada, subvertendo, graças a esses impulsos de imaginação, os elementos do real.

Uma das tentações do Apeles era o tanque dos Ramalhos, nossos vizinhos. No Verão íamos chapinhar às escondidas. Ocultávamos as roupas — estávamos proibidos de tomar banho — debaixo de uns arbustos. O tanque, ladeado por salgueiros-chorões que se dobravam sobre si, criava um efeito de cascata verde e ninguém nos descobria atrás da sua cortina de folhas. Uma tarde aconteceu um acidente. Ainda não me despira e o Apeles já entrara na água. Hesitava sempre em tirar a roupa. A visão da minha tez pálida, preenchida por uma filigrana exterior de finas veias, repugnava-me. O ondulado das costelas escondido debaixo da cambraia da camisa fazia-me sentir presa à armação de um fantasma.

Lembro-me dessa tarde hedionda no tanque dos Ramalhos, a cena emerge como um quadro. Não me tinha ainda despido quando o Apeles gritou. Não me chamava como habitualmente, não dava um dos seus gritos de feroz alegria. Olhei para o tanque e só vi uma superfície de água escura e duas mãos a esbracejar. Corri arquejando para a borda do tanque. Saltei ainda vestida e puxei por ele, indo buscar forças a uma fúria animal acossada pelo horror. Engasgado, o meu irmão tossiu durante largos minutos, deitando fora pedaços de morte. Fixava-o horrorizada. Acabara de descobrir que a morte era uma serpente capaz de erguer a cabeça na penumbra, quando menos se espera. Ainda molhado, o Apeles abraçou-me, tiritávamos de frio, unidos pelo segredo daquele momento aflitivo. Quando chegamos a casa, a madrinha ralhou comigo por ter o vestido encharcado. Teria sem dúvida razão, mas odiei-a por todas as vezes que me acusara por motivos volúveis. Enquanto a ouvia gritar, os meus olhos tornavam-se num lago silencioso e gelado, onde a madrinha se poderia afogar. É possível que descreva a minha atitude desta forma por causa da minha vocação para a beleza. Ainda não escrevia poemas — teria talvez cinco anos —, mas os poderes da criação faziam parte da minha percepção instintiva. Já nessa altura combatia a infelicidade com o encantamento dos versos, retorcendo palavras e sentimentos para que coubessem em rimas. Era também demasiado nova para definir o ressentimento da madrinha, só sabia que ela nunca me tinha amado e que o demonstrava amiúde. "Põe-te direita, ou levas uma bofetada", "Isso são modos de estar sentada?", "Pareces a filha de um reles jornaleiro", "Será isto, Senhor, a retribuição que eu mereço por seguir os Vossos Mandamentos?", "Alguma vez podias ser minha filha? És de sangue ruim como a rameira da tua mãe", "Não dês saltos dessa maneira, fecha as pernas. Ensinei-te a ter modos", "Porque é que a cadela da tua mãe não te levou contigo?", "Juro que um dia hei de descobrir onde ela se encontra para te deixar à sua porta!", Frases furiosas e torrenciais que caíam em cima de mim como uma chuva gelada. As possibilidades de ódio nas afirmações da madrinha matavam as minhas possibilidades de amor. As suas revelações e censuras criavam em mim um complicado jogo de rancores, não sabendo quem deveria odiar mais, se a ela ou à minha mãe. Se eu tinha mãe porque é que ela me abandonara? A interrogação trazia-me pensamentos amaríssimos ao ponto de me sentir mais infeliz do que uma velha cadela cega a quem ninguém fazia festas.

Tinha cinco anos, sete anos, nove anos e estava sempre na mesma posição: de pé a ouvir as recriminações da madrinha. O local podia mudar — a cozinha onde a criada Henriqueta fazia o almoço, os piqueniques com a família, ou o salão, à frente de visitas —, mas, em qualquer desses espaços, mordia os lábios em luta contra as lágrimas. Nessas circunstâncias, concentrava-me em me mostrar uma menina de pedra, enfiando os braços numa estátua de mármore. Às vezes, nos piqueniques de domingo, quando a madrinha me criticava diante da família, punha-me a correr pelos planaltos de pedra o mais depressa que podia, saltando por cima das rochas, até ficar sem fôlego. Então, deitava-me de costas no chão e fitava o céu, a luz da tarde mexia um pouco e eu seguia o seu ritmo. Observava os pássaros, as abelhas e mesmo um ou outro coelho, qualquer animal parecia fixar-me com mais ternura do que a madrinha. Era capaz de passar horas a efabular, os meus pensamentos tornavam-se flutuantes e, no exercício dessas contemplações, imaginava-me morta. Abandonava-me à imagem de uma pequena urna branca com o meu cadáver como a uma visão purificadora. Fantasiava o choro do pai e da madrinha, por não terem conseguido salvar-me. No funeral, diriam preces e a quantidade de ramos de flores depositados no meu túmulo eram prova do seu remorso. As formigas que via passar compreendiam-me. Também elas enfrentavam a todo o instante uma morte iminente. As teias de aranha eram igualmente objecto de observação, pressentia qualquer coisa de divino no trabalho de uma aranha a tecer o seu finíssimo rendilhado.

Entretinha-me com estes devaneios solitários, fantasias que não levavam a parte alguma, até o meu pai chamar por mim. O meu nome proferido pela sua voz sobrepunha-se aos cantos das aves e ecoava pela charneca como um sonho de salvação. Deixava passar alguns minutos até denunciar a minha presença, tentando criar alguma tensão antes de correr para ele. Dava-lhe a mão, mas para não o cansar nunca lhe dava a conhecer os sobressaltos do meu espírito.

Os sonhos são como uma escuridão que lê os medos da alma. Durante a minha infância sonhei amiúde com uma mulher translúcida debruçada sobre mim. Esticava os braços, tentava tocar-lhe, mas ela movia-se sem parar, num espaço de uma pequenez assombrosa. Então, por breves instantes, a mulher fixava-me, para logo se desvanecer, abandonando-me à sua lembrança. Durante largos minutos, mantinha-me presa à perplexidade da sua partida. Queria atravessar o tempo para ir ter com ela, pois só aquela mulher detinha a verdade sobre quem eu era. Acordava muito angustiada e demorava a adormecer, porque associava o fantasma do sonho a uma canção de embalar que escutara há muitos anos.

Comecei a ter esses pesadelos quando entrei para a escola. Ia muito ansiosa para as aulas sempre que tinha aqueles sonhos, mas, para enfrentar a madrinha, havia aprendido uma arte em que me tornara exímia: sustinha o desespero, fixava-o na orla dos olhos nunca permitindo que o seu brilho chegasse a rolar em lágrimas. Sentia uma dor violenta, mas pensava que a dor de desiludir a D. Leocádia seria mais forte. Queria que a mestra me visse como uma boa menina e uma aluna aplicada. Ela era a única mulher adulta que me elogiava, mostrando às outras crianças que dificilmente atingiriam a minha competência. O seu amor por mim era tangível e isso deixava-me muito feliz.

A professora deixava-me brilhar. Empregava todas as minhas energias de menina para me tornar a melhor da classe. Apesar dos meus esforços, era também conhecida por ser sonhadora. Às vezes não ouvia a D. Leocádia, os meus pensamentos seguiam caminhos que não levavam a lado nenhum, enveredando por labirintos mentais desconhecidos que desaguavam em rimas. O imperativo de um verso expandia-se e cobria a voz da D. Leocádia com outras palavras que nada tinham que ver com as conquistas aos mouros ou com a descoberta do Brasil. As palavras eram como personagens que representavam os sentimentos umas das outras, a rapidez com que me atingiam faziam lembrar uma picada letal. Aprendi a passá-las ao papel. Numa dessas ocasiões, a D. Leocádia aproximou-se de mim pelas costas e tirou-me o meu caderno, continuando a falar dos principais rios de Portugal. Por instantes, a classe ficou suspensa à espera de um dramático desfecho enquanto a professora lia o que eu escrevera. Quando ergueu os olhos, para surpresa de todos, a D. Leocádia devolveu-me o caderno sem dizer nada e de seguida passou um exercício de aritmética no quadro. Esperei toda a manhã pelo castigo, recriminando-me por ter deitado a perder a afeição da D. Leocádia. À saída, a mestra chamou-me, mas não para me admoestar como era da minha expectativa. Mostrou-se surpreendentemente tolerante e apenas me perguntou se era eu a autora dos versos. Embaraçada, acenei com a cabeça. "São bonitos, mas muito tristes", afirmou. Pensei numa possível resposta, mas permaneci em silêncio. Se falasse dos meus versos teria de mencionar as mágoas e de como fugia delas, recorrendo às palavras para transformar um jardim numa densa floresta ou um regato num enorme mar. A D. Leocádia devolveu-me o olhar, um olhar tão doce como o que seria o da minha mãe.

Vila Viçosa crescera em torno das ruas que se prolongavam da Caracena ao Castelo, sendo uma povoação pequena onde toda a gente se conhecia. Talvez a D. Leocádia se tenha cruzado com o meu pai num dia de mercado, talvez o tenha avistado ao regressar de uma das suas inúmeras viagens. Sou inspirada por inferências e efabulações, invento, crio fantasias que atravessam o tempo, pois não faço ideia de como o meu pai ficou a saber que eu escrevia poemas. Duvido, no entanto, que tenha dado grande importância àquela mestra de província que, com uma gravidade exagerada, lhe contava que a filha revelara dotes de poetisa. Apesar disso, nesse serão, depois da ceia, o meu pai pediu-me para ler o poema mencionado pela D. Leocádia. Diante do olhar malévolo da madrinha, acometida por um certo alarme, fui buscar o meu caderno ao quarto.

As memórias da infância são por vezes buracos negros, mas existem outras lembranças que nos transportam da obscuridade para a mais pura luz. Sob o efeito da recordação do momento em que recitei o meu poema diante do pai e da madrinha regresso ao êxtase dessa menina, à voz que ressoa num espaço reservado à grandeza.

O meu pai, aquele homem, envolvente e distante, exclamou encantado: "Desde a primeira vez que te ouvi recitar, terias tu pouco mais de quatro anos, que sei que és uma poeta." O meu coração de criança explodiu de orgulho. Ali, sob o suave foco de um candeeiro a petróleo, senti de novo que, através de poemas, até as sombras poderiam ser iluminadas, descobrindo naquele instante uma possibilidade para ser amada.

O poder da poesia foi-me revelado na infância e, ainda menina, aprendi a cobrir as mágoas com versos, senti-as à mesma, mas de outra maneira. Uma criança não procura a glória nem foram essas as razões porque, anos mais tarde, afirmei a superior linhagem dos poetas. Como tantos outros líricos recorri às dores da minha alma como a uma paleta, misturando rimas com sangue, sempre na esperança de descobrir a harmonia de um amor. Através dos meus poemas encontrava a luz mesmo quando ninguém me proporcionava iluminação. Puro artifício para derrotar a solidão de uma menina triste e sonhadora. Todos os vestígios do olhar do pai ou da madrinha sobre mim apenas revelavam traços imperceptíveis de observações íntimas. Via-os e eles viam-me, mas nenhum me dava sinais de reconhecer a minha existência. Cada verso distinguia os meus sentimentos com um nome, permitindo por isso que eu evoluísse para uma figura com densidade. Foram os versos que escrevi na infância que permitiram fixar a minha silhueta frágil de criança a um contorno visível para o meu pai.

A linguagem poética nunca me foi infiel, ao contrário do afeto dos homens e o primeiro a trair-me terá sido o meu pai. Ele que nunca me reconheceu num cartório como filha. Andava na quarta classe, quando uma colega, Ilda, durante uma zanga no recreio, me chamou mentirosa em frente às outras meninas. "Até o teu nome é falso", acrescentou, dando uma sonora gargalhada. A um canto do recreio pedi-lhe justificações e ela não se fez rogada em explicar-me, a voz escarninha. Assinava o apelido do meu pai quando ele nunca mo dera, tomara-o por propriedade minha como uma ladra. Olhei-a sem compreender e Ilda num sussurro acrescentou: "não passas de uma bastarda!". Seguiu-se um silêncio. Ao ouvir estas últimas palavras, senti vontade de objectar, no entanto, já escutara esse insulto no seio da minha própria família. Ilda encarou-me por momentos, pensando se não teria ido longe demais. Desatei a correr, lavada em lágrimas, apesar de as aulas ainda não terem terminado.

Sem o nome do meu pai mais não era mais do que um fantasma, uma triste assombração, objecto de desprezo para toda a gente. Estávamos quase no Verão e enquanto corria tive a sensação de ser envolvida por uma tremenda rajada de um vento tórrido e sufocante e de eu própria me transformar uma aragem. Entrei pela porta da cozinha e escondi-me no meu quarto.

O meu pai estava sentado na sala a ler o jornal. Desci as escadas devagarinho, procurando que a madrinha não me visse. A bastardia era uma desgraça demasiado grande, daquelas que partiriam qualquer uma ao meio, fazendo-me sentir que o mundo havia acabado. Aproximei-me lentamente. Perguntei-lhe agitada, se era verdade que ele não me tinha registado com o seu nome. O meu pai ergueu a cabeça, um olhar de quem não faz muito caso, como se eu tivesse feito uma asneira que era preferível nem mencionar. "Tanto alarido por causa de insignificâncias, claro que podes assinar o meu nome. Ninguém to proíbe", afirmou, continuando a ler como se nada fosse. Virei-lhe as costas, contendo as lágrimas, mas, no momento seguinte, aninhei-me nos seus braços. O pai era o meu anjo tutelar acima de qualquer dúvida ou de qualquer nome.

O desejo de esquecer o episódio com Ilda impôs-se à percepção instintiva de que o grau de interesse manifestado pelo meu pai em relação a mim era realmente diminuto. Deixava-me assinar o seu apelido, Espanca, por especial concessão. Não sendo perfilhada, quando crescesse estaria exposta a múltiplas humilhações, pelo menos era o que a madrinha me fazia sentir a toda hora. Era natural terem-se seguido dias de revolta, dias desconsoladores, mas a minha memória sobre isso foi reprimida. Se havia cinzas no meu coração espalhei-as pelos poemas. As palavras que escrevia estavam envoltas em perguntas que não cheguei a fazer quando abracei o meu pai — que significado teria a minha condição de filha sem apelido? Teria nascido com sangue ruim?

Tinha a cabeça cheia de avisos por causa da madrinha. As rimas dos versos jamais me humilharam ao contrário das vozes rudes das pessoas. A poesia preenchia os buracos no meu coração, atribuindo-me uma identidade diversa da minha genealogia. Desenhava um mapa de mim em cada verso, mas, mesmo assim, às vezes, tinha medo das palavras como se tem receio do eco da própria voz quando estamos sós. Enveredava por quimeras, isentando-me de atender à realidade e as mágoas moldavam-se a uma face mais branda.

Fiz versos, mas poderia ter roubado o fogo para incendiar a própria dor. Fiz versos porque tinha a boca cheia com os gritos de uma criança que ninguém amou. Em adulta pensei muito sobre a minha infância. Sei reconhecer como o olhar baço da minha mãe ficou retido num brilho de loucura dos meus próprios olhos. Sei também como os olhos severos da madrinha me fulminaram de censuras. Esqueci em parte essas memórias de infância e ao mesmo tempo nunca saí delas.

"É suficiente — dizia a mim própria — estudar. Vou tirar boas notas e o papá vai ficar orgulhoso." Esses pensamentos obsessivos perseguiram-me durante a escola primária. Talvez tenha escrito mentiras algures, talvez, mesmo em criança, tenha sonhado com a glória da poesia, pois precisava do amor do meu pai para me poder revelar numa pessoa. O Alberto Moutinho ajudou-me muito quando passei para a classe do professor Romeu e, talvez por isso, vários anos mais tarde, acabei por casar com ele. Parece um disparate afirmá-lo desta maneira, até porque assim faço rodar o tempo, como se entre o rapaz que conheci e o homem com quem casei não existisse uma sucessão de anos. A imagem do Alberto aos dez anos, um menino extraordinariamente sensato, a passar-me por debaixo da mesa as respostas da prova de aritmética, é a mais adequada para definir os motivos do meu casamento. Ele, que nunca cometia nenhum ato repreensível, arriscava-se por mim. Ele, com aquela risca do cabelo impecavelmente direita, contornava toda as regras para me ajudar.

Nas vésperas dos exames, padecia de pavores, tinha pesadelos com medo de fracassar. Fechava-me no meu quarto a estudar, porém, as frases dos livros eram de uma elasticidade sem retorno, afastavam-se ou aproximavam-se, mas não se deixavam fixar. O meu cérebro, obrigado a memorizar, definhava e eu tremia, vomitava, sufocava. Quando chegava ao ponto de delirar de febre, a madrinha entrava no meu quarto. Refrescava a minha testa com um pano úmido, prometendo-me com aquele gesto inesperado aliviar as recriminações. O comportamento da madrinha sempre gerou em mim surpresas e ambiguidades, deixando-me memórias rasuradas.

Dos meus tempos de infância sobrou um espírito turbulento e atormentado que aprendeu a olhar a vida pelos olhos da poesia. Os excessos constituíram a minha revolta contra a rejeição. Engendrei com a imaginação amaríssimas paixões — que corresponderam a outros tantos casamentos — exigindo novos rebentos ao amor, mas nunca parando o tempo suficiente para verificar se o terreno era fértil e capaz de fazer germinar as suas sementes. Uma certa grandeza trágica acolhia-me no desgosto amoroso, uma colisão de emoções que depois ressoavam num espaço reservado à poesia. Poemas, muitos poemas que criavam um terreno de luz, mesmo quando tudo em redor era sombra. Versos que travavam por mim batalhas íntimas, nas quais as palavras eram os meus cavaleiros sempre prontos a pelejar em meu nome. Mas a verdade fixava-se à pausa entre as palavras, fazendo-se ouvir nos suspiros dessa menina pouco amada.

O amor fixa-se à infância com o rigor cromático de um pintor obsessivo. É da sua tela que emergem as figuras do Alberto e da Buja, os meus dois grande amigos dessa época. O Alberto tinha o hábito de pôr a mão por cima do meu ombro quando entrávamos na sala de aula, assegurando com esse simples gesto a sua sólida presença. A Buja acompanhava-me sempre a casa depois da escola. Caminhávamos de mãos dadas, partilhando sonhos de meninas. Quando nos atrasávamos, oferecia-se sempre para me defender da ira da madrinha. "Vais ver, se eu for contigo a D. Mariana nem diz nada", garantia-me com uma gargalhada travessa, ao mesmo tempo que imitava a expressão desagradável da madrinha, meneando com exagero a cabeça. Certas árvores a ladear os atalhos por onde corríamos, certos odores a Primavera não se deixam folhear em álbuns de fotografias, mas tornam mais nítidos os rostos da Buja e do Alberto quando eram meninos.

A presença da Buja em nossa casa fazia a madrinha adotar atitudes maternais. A minha amiga era sua afilhada e havia estreitas relações entre as nossas famílias. Ia muitas vezes a Évora com os pais da Buja, sendo uma visita assídua no seu lar. O rigor com que a madrinha se submetia às aparências, forçava-a a alterar o seu trato comigo, pelo menos na presença da minha amiga. A sua rispidez também se atenuava quando era necessário fazer-me um vestido novo. As idas à loja de tecidos e à modista proporcionavam-nos momentos de aprazível reconciliação. Nunca permitiria, dizia-me quando nos dirigíamos à costureira, que fizesse má figura com trajes mal cortados. Eu possuía um porte de pequena rainha, acrescentava, sendo necessário tirar partido da minha distinção natural. O meu ar, com o seu quê de reserva, opinava a madrinha, distinguia-me com uma certa nobreza, davam-me um toque aristocrático. Porque é que ela não era sempre assim?

A madrinha tinha faro para peças de bom tecido. Comprava-as não excessivamente caras, mas de excelente qualidade. Revolvia o estabelecimento do Senhor Andrade em busca de retalhos de rendas, vasculhava as prateleiras mais altas para encontrar peças de veludo mais em conta. De seguida, chamava a modista com carácter de urgência. Colocava-me de frente ao espelho do seu quarto e, com um olhar crítico, fazia experiências com os feitios. Obrigava-me a ficar quieta como uma estátua à qual ela se dispunha a dar vida com um novo modelo. Gritava com a criada para trazer chapéus, golas de renda e cintos para analisar as combinações e desenvolvia diálogos agitados com a costureira. Havia genuína arte nos seus rasgos criativos. Folhos, pregas, aplicações com bordados — os mesmos impulsos que embriagam um escultor ao moldar a pedra impeliam-na a consagrar-me numa figura elegante. Ela própria se transformava. Não era mais a bruxa má que me odiava, mas uma fada madrinha a mudar uma flor selvagem para uma flor ornamental num único toque da sua varinha.

A figura da madrinha a provar-me com a costureira um vestido novo encontra-se registado no meu espírito em diversas reproduções. Em todas, ela está concentrada em mim e os seus olhos vivos atravessam as lentes dos óculos. Os gestos minuciosos das suas mãos moldavam pregas no tecido como se cuidassem dos males em carne viva provocados pela *Loira*.

Loira era o nome que dava à madrinha má, um insulto feroz sussurrado entredentes quando ela me atormentava. Tentava apaziguar a minha mágoa com represálias inventadas, retirando prazer de infortúnios imaginados para ela. As feridas da minha infância teriam sido provocadas pela *Loira*, não por aquela senhora bondosa com um olhar tranquilo que me provava vestidos e a quem tinha vontade de chamar mãe.

A *Loira* lançou enguiços na minha confiança, ao contrário de outras mães, que faziam orações contra o mau-olhado e, no entanto, foi com ela que aprendi a reinventar-me. Recorria a chapéus, pérolas, botinas, vestidos, adereços necessários para criar ilusões que, de uma forma ou de outra, estender-se-iam à minha identidade. Com um vestido novo, observava-me através das vidraças iluminadas pelo sol e era outra mulher. Detinha-me na contemplação e, colocando joias e um casaco de peles, rejeitava com veemência os olhares de tristeza. Com roupas belas, o meu espírito passava também ele a trajar ornamentos poéticos.

A *Loira* ensinou-me a arte da metamorfose. Minúsculos tufos de gratidão despontavam em mim, quando ela fazia a minha mala com mil cuidados para eu ir passar uns dias fora com a família da Buja. De Lisboa, ou da Figueira da Foz, escrevia-lhe postais, assegurando a minha gratidão. A *Loira* costurou-me a uma personagem capaz de forjar no papel frases adequadas a um amor filial. Também aprendi com ela a distorcer as palavras, a modelá-las para emergirem com uma voz flutuante e fugidia e esse exercício ajudou-me mais tarde a escrever melhores poemas.

O pai e a madrinha eram dois mundos que não se combinavam e só me dei conta quando tinha onze anos. Por essa altura, fiquei a conhecer algumas das razões de amargura da *Loira*, tudo devido a uma gripe do professor Romeu. Nessa tarde específica, a sabedoria do professor Romeu, homem de barbas escuras e atitudes severas, havia sido fortemente diminuída por muitos espirros e intensíssimas enxaquecas. Acabou as aulas mais cedo e mandou-nos para casa. Podia ter desobedecido, teria sido uma excelente oportunidade para dar um passeio com a Buja pelo parque ou simplesmente ver as montras das poucas retrosarias da vila. Em vez disso, dirigi-me a casa.

Abri a porta da rua com a chave escondida num vaso. Fui à cozinha, subi as escadas até ao meu quarto, passeei-me pelo corredor. Todos os aposentos estavam desertos. O silêncio espraiava-se pela casa e as cadeiras, as mesas, as camas fixavam-se à própria sombra. Onde estaria a Henriqueta, a nova criada que a madrinha contratara? Teria ido buscar o Apeles à escola? Por onde andaria a madrinha? Aquele silêncio continha uma espécie de trepidação antes do anúncio de uma tragédia. De repente, pareceu-me ouvir um gemido vindo do sótão onde ficava o quarto da criada. Lentamente, subi as escadas, escutavam-se vozes que se iam tornando menos audíveis, um murmúrio, como se tivessem acalmado depois do sobressalto inicial. Permaneci no último degrau um minuto, dois, três, não ouvi mais ninguém nem se passou mais nada. A atmosfera adquiriu uma vibração tensa e incerta, empurrando-me na direção do quarto de Henriqueta. A porta encontrava-se encostada. A luz mortiça do pequeno hall não me ajudou, num primeiro relance, a perceber o significado do que vi. Umas costas, um vulto a evoluir sob a forma de uma camisa branca, uma mancha branca a mover-se. Dava ideia de ser um homem a debater-se contra uma sombra ondulante. Fechei os olhos por um instante e, quando os reabri, reconheci o meu pai a compor a roupa atabalhoadamente.

Um clarão de pânico cegou-me e desci as escadas a correr. Fugi para o meu quarto. Aproximei-me da janela, a face reflectida pela vidraça foi-me devolvida como uma ilusão. Senti que o meu rosto se separava, desfocado pela luminosidade, portanto, era igualmente possível que a realidade mais não fosse do que um sortilégios de enganos. Deitei-me na cama. Era suficiente compreender que tinha vindo da escola, deitara-me a dormir uma sesta e, naquele instante, estaria a emergir de um estado onírico, um sonho onde emoções estranhas se manifestavam em imagens ficcionadas. Não estava acordada nem desperta, mas possuída por aquele estado intermédio no qual grassava a confusão e onde os acontecimentos eram aparências.

À noite, quando o meu pai tomou o seu lugar à mesa para jantarmos, não notei nele nada de estranho ou invulgar. As paredes da sala de jantar não vacilaram, sussurrando um segredo inconveniente quando Henriqueta nos veio servir a sopa. A memória dessa tarde ainda oferece resistência, tornou-se irreal como uma perturbação de um sonho. Observei a madrinha a sorver colheres de sopa mecanicamente e, pela primeira vez, reparei como os seus olhos gélidos jamais pestanejavam. Lembro-me de ter pensado, faço parte desta família, somos da mesma família. O Apeles disse uma graça e todos rimos. O meu irmão era o único que merecia a pena amar.

Vila Viçosa, 1908

João Espanca pressentiu em Henriqueta, a nova criada, uma força impressionante. Estrangulava as galinhas com mão de ferro, lavava a roupa com tareias cruéis, ao mesmo tempo que fazia subir aos lábios carnudos apenas as palavras necessárias. Apesar de pouco falar, quando abria a boca, a sua voz grave continuava a ouvir-se por largo tempo. Tudo na rapariga evocava a solidez de uma estátua. Aliás, a sua figura lembrava-lhe estatuetas africanas toscamente talhadas, como as que vira nos mercados em Marrocos. A forma maciça do seu corpo jovem suscitava-lhe uma vibração de desejo da mesma maneira que a natureza se consagra às vezes à compulsão de tempestades fatais. João passou vários meses a observá-la de relance, absorto nos seus movimentos. Em certos dias, Henriqueta permitia-se fixá--lo com olhares insinuantes que pareciam corresponder a um jogo de sedução. João Espanca desconfiava que se decidisse bater à porta do seu quarto não seria necessário arrombá-la.

Uma noite, já depois de Mariana ter adormecido, subiu ao sótão onde era o quarto da criada. Era arriscado trazer os seus casos amorosos para dentro de casa, porém, o perigo acrescentava maior expressividade erótica ao desejo. Enquanto se dirigia silenciosamente para cima, não pôde deixar de pensar como era extraordinário que continuasse a ser possuído por aquele sobressalto de adolescente: palpitava-lhe o coração, batidas desaustinadas. Havia possuído dezenas de mulheres, no entanto, sentia sempre um tremor, uma hesitação, em relação a cada nova conquista. Não estava à espera de ser escorraçado, afinal tratava-se apenas de uma serviçal. No caso de ela oferecer resistência, a sua posição de senhor da casa dava-lhe pleno direito de a usar. Ainda assim, era uma mulher. A sua natureza feminina tornava o ar mais denso. Não se tratava de um efeito desencadeado por ela em particular, mas da embriaguez da própria sedução.

Henriqueta jazia na cama, adormecida. A vela acesa transmitia à penumbra do quarto um clarão suave. As cobertas haviam escorregado, deixando ver os seus ombros roliços. João Espanca deitou-se cuidadosamente a seu lado, adiando o momento de a despertar. Então, ela abriu os olhos, fitando-o sem aparente receio. Parecia ter aguardado pelo toque daquele homem com a impaciência de quem ouve as horas bater numa sala vazia. Puxou-o para si, dando a sensação de não possuir o sentido do recato. Aquela atitude despudorada provocou nele indomáveis estímulos. Henriqueta deixou de ser apenas a criada com quem ia acasalar para se transformar numa mulher de uma energia erótica persuasiva que não conhecera em nenhuma outra. Henriqueta inaugurou uma nova era na vida de João Espanca. Apressava-se a regressar a casa após percorrer as principais cidades do país com o vitascópio. Viajava para Lisboa, Évora, Badajoz e outras cidades, onde fazia projeções. A princípio, sentia-se fascinado com este novo ofício. Gostava de observar a assistência, o seu olhar em suspenso, extraía prazer em conduzir as pessoas até a um mundo de fantasias. Satisfazia-se em contemplá-las entregues a enredos que mostravam as tragédias e alegrias das vidas humanas. Pouco a pouco, as contínuas viagens começaram a fatigá-lo e a trazer--lhe um imenso tédio. Sobretudo quando a imagem dela se projetava por cima da débil iluminação a petróleo, transmitindo-lhe a sensação de não partilhar a mesma ilusão da audiência.

Durante alguns anos, João Espanca manteve-se fiel à clandestinidade dos encontros com Henriqueta. Levantava-se a meio da noite quando o silêncio pertencia à escuridão da casa. Os seus sentimentos em relação à criada não eram idênticos à paixão exasperante que outrora sentira por Antônia. Nunca conhecera ninguém capaz de se alegrar com as mais pequenas coisas da vida como aquela mulher. Um dia de sol, as festas de um cão, o cantar das aves eram suficientes para lhe desenhar um sorriso no rosto. Como se tivesse uma relação íntima com os fenômenos da natureza. Uma estranha cumplicidade insinuava Henriqueta no seu coração, um sentimento de respeito que ia além da soma dos seus atributos físicos. Nas noites em que subia ao sótão, experimentava verdadeira satisfação por lhe expor os seus pensamentos. Henriqueta interessava-se por tudo o que ele dizia sem se armar em sabichona ou presunçosa. Era apenas sensata. No entanto, às vezes, dizia-lhe duras verdades, recorrendo a frases aparentemente inócuas. Não levantava dedos admoestadores, não o confrontava com censuras, não reclamava nada de nada, mas proporcionava-lhe novas visões sobre si e sobre os acontecimentos domésticos.

Talvez por ser apenas a criada, Henriqueta era a pessoa mais sensível à pulsação da casa. Apanhava no ar as palavras que se diziam por inadvertência, apreendia silêncios constrangidos, atendia às empatias e ressentimentos de uns e outros, compreendia intenções ocultas. A sua boca abria-se para reproduzir, com a inconsciência de um eco, o que observara como se, pelo facto de nomear as dificuldades, estas pudessem ser resolvidas. Ela era a única que parecia dar-se conta da escuridão que perpassava na alma de Bela, intuía o seu espírito ferido com as investidas de D. Mariana, adotando uma postura de profunda indignação e de defesa da criança.

"A menina tem olhos de crucificada. Anda sempre triste pelos cantos", afirmou Henriqueta certa noite, aludindo mais uma vez aos estados de espírito de Bela. Ao ouvir esta frase sobre a filha, João Espanca não lhe atribuiu a menor relevância. O assunto não tinha nada que ver com a morte do rei D. Carlos ocorrida nas vésperas, homicídio que lhe alvoroçava o espírito, como, aliás, a todos os portugueses. Como era possível que El Rei D. Carlos e o Príncipe D. Luís Filipe tivessem sido assassinados? Eles que ainda há poucos dias haviam passeado pelas ruas de Vila Viçosa! Contava-se, afirmava João Espanca, que o Rei tinha sido atingido com dois tiros. O príncipe chegara a desembainhar a espada, mas fora de imediato trespassado por um segundo terrorista. Estas coisas, acrescentou, punham um homem a pensar. Num segundo estamos vivos, mas bastava um minuto trágico para a nossa condição deixar de ser essa. O terror das coisas ilógicas e imprevisivelmente fatais, a maneira como uma causa se podia encadear num efeito dramático, desviaram-lhe a atenção das lamentações de Henriqueta.

Na manhã seguinte, João Espanca recebeu um telegrama. Encontrava-se no seu estabelecimento a tirar fotografias a uma família. Limitou-se a assinar o recibo que o boletineiro lhe estendia. Alguns amigos e clientes afirmavam às vezes, no meio de trocas de impressões, que a fotografia era uma arte menor. Ele indignava-se com semelhantes pontos de vista, só ignorantes podiam defender esses disparates. Para se captar uma imagem digna de ficar exposta no aparador de uma sala era necessário deter uma noção especial de perspectiva. A fotografia muito mais do que a pintura conseguia captar imagens a favor de um tempo que se pretendia eterno. Isto era o que os seus amigos de gostos antiquados não eram capazes de vislumbrar.

Fez várias fotos e só abriu o telegrama após os clientes terem saído. Leu-o, esforçou-se por relê-lo, mas as letras pregaram-lhe uma partida. Por momentos, teve a esperança de que aquela notícia fosse uma perturbante ficção, demonstrando mais uma vez a tendência da mãe de Bela para o fingimento. Era preferível uma nova demonstração de ignomínia do que sabê-la morta. Era possível que tivesse ocorrido um erro, uma troca nos pormenores, uma infeliz coincidência com o nome, um engano na entrega ao destinatário. João Espanca esforçou-se laboriosamente por encontrar argumentos que desmentissem a morte da antiga amante.

Correu para a rua e saltou para cima do seu cavalo, sem cuidar de pôr trancas à porta. "Não pode ser!". Repetiu-o como uma oração de esconjuro no caminho até Évora, esforçando-se por adiar um súbito pesar. Como se o desgosto que sentia significasse a vontade de recuperar parte da vida que desejou com ela e da qual fora expulso. Dirigiu-se primeiro ao hospital. Alguém da vila lhe havia dito que Antônia tinha sido internada. Na altura, a sua resposta fora seca. Aquela mulher obscura, com quem tivera dois filhos, era uma lembrança enterrada sob os escombros do passado. Uma amante como tivera tantas outras! No entanto, recordava ainda o empolgamento sexual que ela lhe suscitara, precisamente a memória que mais precisava de esquecer.

No hospital, conseguiu falar com um médico, que lhe confirmou o óbito de Antônia, acrescentando que o funeral seria nesse mesmo dia às duas horas da tarde.

A voz do médico, o eco das suas palavras, continuou a persegui-lo enquanto caminhou ao acaso pelas ruas de Évora. Não sabia como amortecer aquele sentimento de dor que mais não era do que uma aberração do seu espírito. Não estava de luto, afinal aquela mulher abandonara-o há mais de seis anos. Chorar estava fora de questão, devia, isso sim, odiá-la por ter ousado cortar todos os laços consigo e agora de forma definitiva. A ideia de que ela nunca mais iria sofrer era-lhe infinitamente amarga como se o sofrimento de permanecer viva fosse necessário para expiar a sua traição. E, no entanto, o período mais intenso da sua vida ocorrera com ela, pertencera-lhe graças ao arrebatamento do amor.

Hesitou em assistir ao funeral. A sua história com Antônia era demasiado trágica. Um vento gélido batia-lhe no rosto, parecendo soprar diretamente das suas memórias. Caminhou várias horas sem destino. Quando deu por si, encontrava-se à entrada do cemitério. Escondeu-se atrás de uma árvore. Apenas três mulheres acompanhavam o caixão, constituindo o cortejo. Deviam ser vizinhas, gente de aspecto miserável como a urna que a transportava. Nunca se aproximou. Ver de longe Antônia a ser sepultada, ela que desde há muito mais não era do que um fantasma, confundiu-o. Desejava partir, mas não saía do mesmo sítio, continuando a observar o enterro. Era um homem em sofrimento e, ao mesmo tempo, uma testemunha da dor que não queria sentir. Mesmo assim, as lágrimas escorriam-lhe na face, um choro cada vez mais arrebatado, como se Antônia tivesse acabado de o derrotar novamente.

No regresso, já em casa, comunicou a Mariana a morte da mãe de Bela e Apeles. Ela reagiu com um silêncio distante, o que constituiu a sua maneira de ocultar um regozijo secreto. O facto de Antônia ter morrido não a inocentava nem a tornava melhor, devia-se a ela a derrocada do seu casamento. Sentia o funesto poder da antiga amante, sobretudo nos momentos em que tinha de lidar com Bela. Às vezes, não reagia com a menina como uma mãe perante uma filha, mas antes como uma mulher a agredir outra mulher. Dizia a si própria que a sua severidade e rispidez eram necessárias, não queria que, quando Bela crescesse, viesse a transgredir as regras da decência e da boa moral como a mãe. Quando a recriminava, os olhos da pequena luziam com uma loucura intermitente, o mesmo tipo de possessão de Antônia. O desvario vinha-lhe do sangue e tinha de ser contrariado! Os olhos da menina eram demasiado semelhantes aos de Antônia, razão mais do que suficiente para sentir uma agitação na palma da mão e uma intensa vontade de lhe bater quando ela fazia tolices. Henriqueta, num tom vago de protesto, chamava-lhe a atenção que Bela is ficando parecida com uma figura triste, de uma tristeza que a transformava num ser desprotegido. Ela colocava a criada no devido lugar, mas ficava a pensar nas suas palavras.

Quando o marido lhe pediu para ir transmitir a notícia à filha, Mariana hesitou. Depois de breves instantes de silêncio em que ajeitou a extremidade de um laço do vestido, recusou num tom educado, mas firme. Afinal, João Espanca é que era o pai, ela era apenas a madrasta. Ela própria não estava certa das razões da sua recusa, no entanto, tinha consciência de que a articulação do nome de Antônia lhe queimava a língua com gotículas de ódio. Era superior às suas forças e, naquele momento, não desejava acrescentar rancor ao luto da rapariga.

João Espanca subiu até ao quarto da filha com a lentidão de um homem atormentado. A ideia de dizer a Bela que a mãe morrera, deixava-o oprimido e apavorado. Veio-lhe à mente a afirmação de Henriqueta sobre os olhos de crucificada de Bela. Seria possível que ela fosse infeliz? Andava bem vestida, estudava, não passava necessidades. Ele, inclusive, estava disposto a ir viver para Évora de maneira a que ela prosseguisse os estudos. Para rapariga até era inteligente e sendo filha ilegítima teria dificuldades em arranjar um marido de boas famílias. Seria bom, por isso, que estudasse para mestre-escola. Mas até ele reconhecia que alguns dos comportamentos da rapariga se desviavam dos figurinos normais. Mostrava-se uma criança nervosa, com o nervosismo a mudar continuamente de lugar. Padecia de doenças várias que nunca eram as mesmas, como se estivesse assombrada pela necessidade de chamar a atenção. Sofria de insônias, dores de barriga, enxaquecas, febres sem motivos aparentes. Mesmo em relação a ele, as atitudes de Bela mostravam-se inconstantes. Ora lhe saltava para o pescoço, ora passava por si sem o fixar, desdenhosa como uma rainha sem trono. Notava-se uma premência febril e intensa nos seus comportamentos, uma tendência para o exagero em tudo o que fazia. Quando Mariana a recriminava, Bela revoltava-se, fazendo interpretações exaltadas e inferências erráticas sobre as más intenções da madrinha. Não podia criticar a mulher por estar a cumprir um dever de mãe, educando-a e ensinando-a de uma forma condigna. Provavelmente, seriam coisas da idade, arroubos de puberdade! O seu compadre, o pai de Buja, quando levava Bela a passar uns dias com a família à Nazaré, traçava rasgados elogios ao comportamento da pequena. Não tinha, portanto, motivos para se preocupar.

Bela encontrava-se deitada na cama a ler um livro. A claridade do quarto era a mais favorável de toda a casa porque a orientação das janelas trazia-lhe luz de manhã e à tarde. João Espanca sentiu pena por interromper a serenidade do momento. Raramente observara no rosto da filha uma paz semelhante. Ficou uns segundos à entrada, hesitando em avançar: "Como é que se diz a uma criança que a sua mãe está morta? Ainda por cima, uma mãe que mal conhecera!". As dúvidas tolhiam-lhe a língua, fazendo-o perder a habitual fluência. Bela ergueu os olhos do livro e sorriu-lhe. Por um instante, julgou ver Antônia, os traços da filha eram uma cópia perfeita da expressão da mãe.

João Espanca não sabia como orientar a conversa, por isso esforçou-se por intensificar a intimidade com Bela, fazendo-lhe perguntas sobre a escola e depois sobre poesia. Ela ajudou-o a agarrar-se a essa possibilidade alternativa, indo buscar o seu caderno e mostrando-lhe um pequeno conto. O seu título, "mamã" era quase um presságio e o exercício narrativo, necessariamente infantil, revelava a ansiedade pungente de uma criança por afeto.

Bela fitou o pai com um clarão interrogativo no olhar, quando este terminou de ler. João, em vez de comentar o texto, afirmou secamente: "A sua mãe foi hoje a enterrar." E foi tudo, as suas palavras chegaram ao fim, secaram.

A frase soou aos ouvidos de Bela com uma factualidade atroz, apercebendo-se, no entanto, que hesitava quanto ao significado sentimental a atribuir-lhe. Fez um esforço para ressuscitar a visão da mãe, mas nem uma fotografia tinha dela. Depois de breves instantes em que se instalara silêncio, Bela declarou com gravidade: "Vou pôr luto. Não me lembro do seu rosto, mas vou pôr luto por ela". João Espanca afirmou que uma fita de crepe preto no braço seria suficiente e aceitável. De seguida, com um indefinido aceno de cabeça, despediu-se.

Depois de a porta bater, Bela ficou sozinha. Uma desordem de emoções abateu-se sobre si, um finíssimo aperto do coração que ela sentia dificuldade em nomear. A tristeza tomou os piores caminhos por não ser mágoa de luto ou de perda, mas um sofrimento de ausência. Uma dor que, na verdade, era um buraco que se infiltrava no peito. Chorou por ter perdido a oportunidade de encontrar a sua verdadeira mãe, derramou lágrimas por não poder renascer noutra menina. Manteve-se sentada no chão, abraçada aos próprios joelhos até Henriqueta a chamar para a ceia. Bela ergueu o olhar com uma expressão de tal modo angustiada que a criada tomou-a nos braços como se salvasse um bebé roxo. Henriqueta transformara-se ao longo dos anos num pilar da família. Até Mariana, sempre tão parca em elogios, se referia à sua dedicação. A criada assegurava os afazeres domésticos como se a menor falha pudesse desencadear uma derrocada nos alicerces da casa, sendo ainda cuidadosa com as crianças. O mundo das aparências tem os seus espelhos secretos. Quem visse Henriqueta na sua azáfama diária, jamais imaginaria a faina inflamada e perigosa a que se dedicava durante as noites. João Espanca chegava a pensar que ela recorria às tarefas domésticas como um disfarce para as suas pulsões selvagens. As recordações das suas noites com ela afluíam-lhe com súbita plenitude nos locais mais inesperados. Nem pensar em deixá-la para trás quando se mudassem para Évora por causa dos estudos de Bela.

Com o passar do tempo, João Espanca deixou de tomar as devidas precauções quando ia ter com Henriqueta. Uma noite, Mariana teve um desagradável pressentimento ao sentir o marido levantar-se. Seguiu-o com passos ligeiros e, ainda que tropeçando no escuro, observou a sua silhueta cinzenta a subir ao sótão. Para sua surpresa, notou que o ressentimento e o ciúme se haviam tornado coisas mortas no seu peito. Fazer uma cena por o marido dormir com a criada pareceu-lhe um completo absurdo. O caso apresentava os mesmos contornos da traição com Antônia — ou pior ainda, porque acontecia dentro de casa — mas não o sentiu, de modo algum, da mesma maneira. Procurou refúgio, como sempre fazia em alturas de crise doméstica, no pequeno quintal nas traseiras. As estrelas brilhavam como pontos inflamados de um universo pleno de presságios. Era casada com João Espanca há tempo suficiente para não necessitar dos vaticínios dos astros ou de outros indícios sobrenaturais. Não descobrira ainda assim as razões da sua surpreendente libertação do ciúme, mas não tinha importância. O marido era movido por ímpetos de grandiosidade que se concretizavam através de casos com mulheres potencialmente desgraçadas. Preferia-as inferiores, para poder elevá-las e atribuir-se a si próprio um efeito de metamorfose. Se tentasse confrontá-lo seria brindada com um conjunto de mentiras e alegações distorcidas ou loucas em que a culpa da infidelidade acabaria por ser sua. Assim, o melhor seria alhear-se daquela causa perdida e ignorar a situação desde que ele não acrescentasse novos embaraços ao seu fingimento nem acrescentasse mais danos à sua reputação.

A astúcia de João Espanca nunca fora perfeita quanto à sua capacidade em distinguir o essencial do acessório, sobretudo no que concerne às mulheres. Podia-se mesmo dizer que aquele tipo de cegueira constituía um sintoma de um egoísmo peculiar, cujo centro de gravidade assentava em exclusivo nas suas necessidades. Por essa razão nunca lhe passaria pela cabeça que a sua mulher soubesse do seu caso com a criada e, muito menos e, aí residiria o motivo maior de escândalo, que a infâmia lhe fosse indiferente. Desfrutava da sua feliz inconsciência como do torpor de uma tarde quente de Verão. A sua vida entre as duas mulheres parecia-lhe perfeita, até que ele próprio a arruinou. Numa das suas visitas noturnas mergulhou num sono profundo de madrugada, quando era sua intenção regressar ao quarto. Henriqueta acordou-o e falou com ele antes de ir tratar das suas tarefas matinais, mas ele manteve-se à deriva nas forças de um sonho. Poderia jurar que a sonolência durara poucos segundos, no entanto, quando abriu os olhos, a luz tamborilava com os seus dedos na janela e expunha o rosto indignado da sua mulher quase encostado ao seu.

Os gritos de Mariana, lamentando os enxovalhos que sofrera por causa dele, foram prontamente silenciados pelo marido. Ainda estremunhado, gritou: "Quem não está bem que se mude!". Estava a preparar um desagravo, a enumerar vários argumentos, quando Mariana bateu com a porta. João Espanca vestiu o roupão e sentou-se à espera de reaver a calma necessária. Olhou para o relógio e admirou-se pelo avançado da hora. Foi vestir-se rapidamente, disposto a sair. Mariana fixou-o, enquanto conversava com Bela ao fundo das escadas. Ele devolveu-lhe um olhar inexpressivo, não deixando transparecer consternação, determinado a não apresentar qualquer justificação.

Antes de sair, reconheceu no rosto da filha um olhar desamparado como se fizesse um esforço para o reter. A qualidade particular da aflição dos seus olhos fazia--os maiores do que o natural. "Não tinha de lhes dar a menor satisfação, muito menos a uma filha bastarda", pensou ao passar por elas, antes de bater com a porta da rua.

Interlúdio 4

Prince Charmant, onde andaste tu durante a minha vida? Fizeste-me crer que eras real e te ajustavas ao rosto de alguém, sem jamais te definires nos contornos de um homem concreto. Viveste no meu canto ao mundo, entoado de uma janela aberta para a noite, na expectativa de que os astros me devolvessem a voz da minha mãe na doçura da voz de um amante. Exististe por ti próprio num espaço de êxtase e quimera, mas indiferente às ligações possíveis entre ti e os homens que amei. Exististe ainda mais profundamente no meu desespero, apenas por seres a sombra de uma silhueta de amor que me curaria de mágoas acumuladas. Procurei-te nos lábios de todos os homens por quem me apaixonei para que me enchesses com um sopro de amor eterno. Nunca te revelaste, *Prince Charmant*, só trouxeste sentimentos dolorosos, fogos negros, incêndios de mágoas, opondo à experiência do amor a ânsia de destruição. Com a idade, fui sabendo que eras um embuste e só existias em sonhos. Apesar disso, até morrer, procurei-te desesperadamente. Conhecia a força da tua malignidade e, no entanto, desejava abandonar-me a ti, *Prince Charmant*, pensando que poderia regressar refeita desse abandono, nova, ressuscitada. Em vez de jogar com a morte, jogava com a redenção.

Enquanto vivi, a minha imaginação preencheu-se com homens belos de olhos cintilantes e gestos ousados. Visões imaginárias em que uns existiram e outros nem tanto, sendo apenas assombrações. Mas tu, *Prince Charmant*, estavas sempre presente, deixando uma marca suave, vestígios de uns lábios sobre um espelho embaciado. Foste tu que fizeste com que casasse três vezes, porque acreditava que havias penetrado na alma dos meus futuros maridos, um espírito vogando à solta nas ilusões que criei sobre as suas pessoas. A tua sensibilidade incorpórea levava-me de braço dado até ao altar, mas passado alguns anos, às vezes meses, deixava de me recordar o que esperara ao casar-me com aquele noivo em concreto. As minhas expectativas defraudadas faziam com que tentasse descobrir-te de novo. Desdobravas-te para me torturares e via-te de relance no brilho dos olhos de um outro homem que cravava as pupilas em mim com o propósito de me cortejar. Tu continuavas lá, *Prince Charmant*, no interior da identidade essencial daquela pessoa e isso transmitia-me uma nova intensidade feita de pele e nervos.

Duravas um tempo breve como que para provar o teu poder misterioso de relâmpago. Depois, se me voltava a casar, desvanecias-te à maneira de um assassino. As palavras de paixão colavam-se aos meus versos, mas deixavam-se de ouvir na voz do meu marido. As frases desse novo homem perdiam-se das palavras flamejantes que avivam as emoções e só os poemas suportavam a exaltação do enamoramento. *Prince Charmant*, pergunto-me quando te terei visto a primeira vez? Decerto não foi na triste figura do Manuel Maria, meu colega no Liceu André Gouveia que, durante meses, paralisado de terror me seguia até à biblioteca de Évora. O seu vulto de rapazote, abrindo e fechando a boca na minha presença como uma criatura marinha em perseguição da sua sereia, embaraçava-me. Não sabia se havia de me sentir ofendida ou lisonjeada com a sua persistência. Para resolver o problema, sugeri-lhe que namorássemos. Queria eu dizer que passaria a ter autorização para me carregar os livros da biblioteca, podendo, em ocasiões especiais, dar-me a mão. A solução agravou o problema. O rapaz continuava a mostrar-se atrapalhado, mesmo quando caminhava a meu lado. A minha presença provocava-lhe uma desordem tal que ele era apenas capaz de articular grunhidos de assentimento. Na escola, mostrava-se um menino inteligente, mais aplicado do que eu, conseguindo dar respostas concisas e quase sempre certas às perguntas dos professores. Perto de mim, era esmagado pela sua timidez. O acanhamento desse primeiro namorado expulsou-o da possibilidade de me incendiar o espírito. Uma semana mais tarde terminei o namoro.

Prince Charmant, de uma forma ou de outra, acabaste por me possuir, mas dominaste-me pelo que poderias ter sido e não pelo que foste. Quase todos os meus poemas foram inspirados em ti, quando me fazias sentir a ampliação de um mundo de amor a libertar-se no meu peito. Procurava-te em poemas, buscava palavras que levantassem voo e fossem de uma sensibilidade extrema, elevando a paixão a um nível superior. Sonhava com essa linguagem nos lábios dos meus amantes, em vez disso, muito do que ouvia, eram grunhidos, imbecilidades e insignificâncias. Cheguei a pensar, *Prince Charmant*, que tiveste no meu irmão o teu único sósia, gerando sentimentos absolutamente interditos. O Apeles foi a criança à minha guarda, o filho que não tive e que morreu de maneira trágica num acidente de avião.

As memórias entram num sonho, quando me lembro de uma noite em particular. A chuva caía com força e os relâmpagos riscaram o céu para iluminar a única aparição inteira de ti, *Prince Charmant*. Terá sido pouco antes de partirmos para Évora. Ia estudar para o liceu e o Apeles ficaria a viver em casa do professor Romeu, em Vila Viçosa. Pela primeira vez, desde a sua chegada à nossa família, íamo-nos separar. Apesar de envolta em sono, ainda não havia adormecido. O Apeles entrou no meu quarto com passos de fantasma. Senti-o subir para a cama e enroscar-se em mim, uma sombra a emergir de uma penumbra trémula. Tive um sobressalto. Não sei o que me levou a atribuir ao seu comportamento uma importância exagerada, quase insuportável. Não me senti perturbada, foi outra coisa qualquer, uma sensação em bruto que fui incapaz de nomear, uma intimidade em que eu era ele e vice-versa.

A atitude do meu irmão era a de um gato a brincar com o seu novelo, considerando natural beijar-me e fazer-me festas. O silêncio cobriu-nos profundamente e a escuridão sabia ler o nosso coração. Até que o Apeles se inclinou sobre o meu ouvido, sussurrou o meu nome, disse algo sobre a próxima despedida e adormeceu. O som da sua respiração era uma corrente de ar que circulava num remoinho de amor, um amor imaculado, intacto e intocável que nos definia. A paixão teve ao longo da minha vida muitas faces, mas o amor apenas um rosto, o do meu irmão. Nas piores situações da minha vida, nos momentos mais difíceis em que até os traços da minha fisionomia se decompunham, recordava obsessivamente Apeles. O meu coração sacudido pela saudade subia num movimento contínuo até à memória dessa estranha noite.

Prince Charmant terás sido um deus ébrio a tropeçar aos ziguezagues nos estreitos caminhos das possibilidades? Fizeste-me sofrer era ainda apenas uma menina e te vi pela primeira vez sobreposto à figura de um rapaz. Eras alto, *Prince Charmant*, com um rosto delicado, a fronte enterrada sob cabelos loiros, os lábios sensuais e convidativos...

Não, não me refiro ao Alberto Moutinho. O meu primeiro marido representou um prolongamento da minha infância, um conforto para os meus desgostos.

Gostei dele como se aprecia uma cálida e serena tarde de Verão, o meu afeto pelo Alberto cintilou sempre como uma luz mansa sem tumultos. Ele foi uma presença infinitamente mais estável do que a madrinha ou o pai. Tornei-me sua amiga a partir do momento em que entrou para a classe do professor Romeu. Ainda em Vila Viçosa, fizemos voar juntos papagaios, andamos à vez no seu cavalo, passeamos pelas charnecas em flor. Depois, prosseguimos juntos os estudos em Évora. Andávamos no mesmo liceu, evidentemente, ele do lado dos rapazes e eu do das raparigas. Mas, à saída, Alberto acompanhava-me a casa. Fazíamos o percurso passando pelo jardim, com o passo tão certo que parecíamos siameses. Corria com ele, sentia-me bem, inebriada pela velocidade. Confidenciava-lhe coisas íntimas que não contava a mais ninguém, nem à Buja: sonhava em ser poeta, publicar livros de sonetos, escrever versos que realçassem a eternidade das coisas. Explicava-lhe que a poesia me caía sobre a cabeça como a chuva, uma torrente imparável e ruidosa em que as palavras se tornavam belas e me transmitiam consolo. No olho de uma flor eu via uma luz riscada de vermelho ou uma neblina matinal sobre o mar, imagens que passava para rimas, poemas que mais não eram do que a busca insaciável por uma alma que me compreendesse. Através dos ténues reflexos das palavras procurava-te desde menina, *Prince Charmant*.

Todo o passado pertence a memórias que se deformam e se sobrepõem. Impossível distinguir esses passeios depois da escola, daquele fim de tarde em que o

Alberto me beijou. Nesse dia, saímos juntos do liceu e o meu amigo desafiou-me para uma corrida. Marcou a meta numa árvore à saída da Praça do Giraldo. Rejeitei a proposta por me parecer improvável vencer com as minhas saias compridas, além de que teria todas as damas da cidade a fixar-me com o seu olhar escandalizado. Ele escusou-se a ouvir a recusa e desatou a correr. Caminhei com a passada possível no seu encalço. Ao chegar ao local combinado, não o vi em lado nenhum. Revejo a cena com uma nitidez fotográfica. Virei-me à sua procura, estranhando a ausência do meu amigo. O meu olhar perplexo e as mãos do Alberto a taparem-me os olhos não destoavam de outras situações semelhantes, mas, de repente, os seus lábios beijaram-me o pescoço.

É preciso afirmar que aos catorze anos olhava mais para as senhoras do que para os rapazes. Sobretudo as mais ricas, as que usavam chapéus sofisticados, as que recorriam às melhores rendas nas suas golas, as que usavam joias sobre os vestidos, tão elegantes que davam ideia de passearem sobre fios de sol. Foi, portanto, surpreendente sentir como os lábios de um rapaz queimavam e o calor da sua boca me inflamava os sentidos, criando um súbito sobressalto difícil de conter. A subtileza daquelas sensações tão novas carregavam uma fome inesgotável de floreados poéticos.

Procurei o olhar do Alberto e vi como corava intensamente. O esforço que fazia para dominar a timidez era impressionante. Pediu-me perdão pelo seu atrevimento, mas, no momento seguinte, pôs-se de joelhos e pediu-me namoro. Primeiro não soube o que responder-lhe, estava estupefata. No entanto, sentia uma necessidade urgente de afeto e aquela declaração fez-me feliz, apesar de a incredulidade fazer parte desse sentimento. De súbito, ali estava eu com um rapaz de olhos intensos a meus pés. Cedi a palavras fortuitas ao dizer que sim, deixei-me ir para onde elas me levavam. Não podia perder o Alberto, nem correr o risco de o magoar.

O Alberto pediu-me para selarmos o namoro com um beijo. Acenei a cabeça em assentimento e escondemo-nos atrás de uma árvore. Como que obedecendo a um sinal, viramos em simultâneo a cabeça e os seus lábios colaram-se aos meus. O clamor das aves no céu soou imensamente longínquo, o rumor de um som muito distante. Os lábios do Alberto possuíam a sua própria intensidade, feita de calafrios. Era uma brincadeira diferente de quando éramos mais pequenos, mas não deixava de ser um jogo.

Mantive aquele namoro por alguns meses. Agradava-me o atrevimento, gostava de contrariar as proibições e, estranhamente, associava o desafio de beijar o meu namorado a uma vingança sobre a madrinha. Beijava o Alberto às escondidas, escolhendo as horas do lusco-fusco, aquelas horas especiais em que as sombras do crepúsculo prevalecem sobre a luz. Nessa altura, os beijos eram mais do que proibidos, por isso mesmo era suposto atearem fogueiras, fogos-de-artifício, fazerem brilhar estrelas e sei lá que mais. Eu gostava de beijar o Alberto, porém as sensações desencadeadas por ele eram efémeras e não me entregavam ao idílio. Queria sentir a ameaça de uma perda devastadora, experimentar dores acesas na alma com a sua ausência, o que não acontecia. O Alberto nunca se ajustou aos traços que defini para ti, *Prince Charmant*. Era um rapaz distinto, um jovem cavalheiro de boa índole, mas o meu espírito era incapaz de o tornar ficção, sonho e ilusão ao ponto de ter vontade de correr para os seus braços.

Não, não foi aos catorze, mas aos dezasseis anos que te conheci pela primeira vez, *Prince Charmant*, sentindo a tua vertigem associada a um nome. Chamavas-te João e foste o meu primeiro amor. A família do padrinho frequentava a melhor sociedade da Figueira da Foz. Como era amiga da Buja, levavam-me amiúde de férias com eles. Na sua casa, participava de um ambiente onde todas as coisas familiares se mantinham idênticas, mas ligeiramente mais requintadas. Já tinha ido aos touros, mas jamais acompanhada de um lacaio fardado. Já havia estado na praia, porém, nunca com uma criada para servir a família. Já examinara damas elegantes, no entanto, nunca vira de perto tantos colos preenchidos pelo clarão de pedras preciosas. Já antes fora apresentada a rapazes bem-parecidos, mas nenhum com os olhos de felino do João.

Passava a manhã na praia com as filhas do padrinho. A Buja e a irmã eram amigas de rapazes e raparigas de boas famílias. Formávamos um grande grupo que

se juntava no areal. Ríamo-nos a bandeiras desprega-
das ao descobrir razões hilariantes em episódios des-
propositados, havendo um claro efeito de contágio
no puro disparate. Essas recordações sobrepõem-se a
numerosas outras em que o João sobressaía, rodeando-me de subtis atenções. Corava, as minhas faces
incendiavam-se sempre que ele me dirigia a palavra
como se o rubor fosse a face visível da minha atração.
A figura do João envolvia-me com ilusões que trans-
cendiam e, em muito, a realidade. Fantasiava sobre
uma vida talhada à medida dos meus sonhos: um casamento numa igreja em Lisboa, filhos lindíssimos e a
aprovação incondicional do meu pai.

Quando conheci o João, acreditei em ti, *Prince
Charmant*, como uma evidência maior do meu coração. Na sua presença, uma emoção tocava noutra, visi-
velmente o amor desenrolava-se na minha alma. Uma
manhã de luz anormalmente intensa, sem a neblina
habitual da Figueira da Foz, eu e ele afastamo-nos do
grupo e caminhamos sozinhos na orla do mar. Havia
poucas pessoas na praia e essas poucas estavam dis-
tantes. Algo na atmosfera luminosa fazia com que
as suas silhuetas parecessem estar ainda mais longe.
Todos os elementos do cenário — as ondas a salpi-
carem os meus pés, as matizes vivas de tanto azul no
céu e no mar — ter-se-ão conjugado para facilitar a
declaração do João. As suas palavras foram decalcadas
das minhas fantasias e, à semelhança dos sentimentos mencionados nos meus versos, afirmou que o seu
coração só a mim pertencia. Em vez de lhe responder,

fugi, correndo para casa. Seria permitido à realidade cruzar de forma tão abrupta as fronteiras da quimera? Havia lido muitos livros e romances e, em todos, o amor verdadeiro reclamava por ações dramáticas e atitudes trágicas. Senti-me uma personagem retirada de uma dessas narrativas, porque as palavras do João haviam derrubado as defesas do meu mundo tal como este se apresentava. E se a declaração amorosa mais não fosse do que um jogo de sedução e abandono? Nessa tarde, recebi uma carta que me foi entregue pela irmã da Buja. "Vê lá o que andas a fazer", afirmou, com a tenacidade das meninas bem-comportadas. Arranquei-lhe o sobrescrito das mãos e, em passos firmes, dirigi-me para o meu quarto. Aspirei o odor perfumado do papel e beijei três vezes o envelope antes de o abrir. Uma espécie de calor primitivo circulou na minha face enquanto li as mais belas palavras de amor.

Ocorreram-me respostas igualmente amorosas, frases belíssimas, descrevendo ciprestes a agitarem-se sob a brisa leve, em movimentos de felicidade. Dirigi-me à secretária que estava próxima da parede, sentei-me, resistindo ao impulso de responder. A família do João era rica, oriunda uma aristocracia antiga com muitos pergaminhos e eu não passava de uma bastarda, não tendo sido reconhecida pelo meu próprio pai. Senti os olhos invisíveis da madrinha a recaírem sobre mim, a sua sinistra assombração, aquele olhar fixo dando-me a entender que seria sempre uma figura pouco querida. A consciência de mim que ela me passara era uma opressão, obrigando-me a lutar contra a minha própria história. Não escrevi nenhuma carta, considerando preferível permanecer em silêncio para garantir uma corte digna de um cavalheiro.

Poucos dias depois, no entanto, deixei de querer saber de promessas ou de cuidados com a minha reputação. O céu podia estar enevoado, o tempo frio, mas marcava encontros com o João muito cedo para passearmos na praia. Beijávamo-nos sem parar, atrás das rochas, em cima de dunas, continuando a trocar beijos na orla do mar, observando as ondas cinzentas a engrossar, um ondular lento que parecia vir das profundezas dos nossos corpos. A paixão deu-me a conhecer os elementos superiores da existência, sentindo uma urgência de prazer, que me tornava capaz de fazer em pedaços todos os obstáculos.

Então, uma manhã, o João não apareceu ao nosso encontro. Os meus olhos, ocupados a escrutinar o horizonte, denunciavam a minha distância face à conversa das minhas amigas. Aos dezasseis anos existe um acordo tácito entre raparigas de que os assuntos de amor são para ser partilhados. Em vez de seguir esses preceitos, resguardara-me em segredos e, ao verem-me tão ansiosa, todas elas, até a Buja, não me largavam com insinuações sobre o João, aliando-se contra mim em alusões sibilinas. "Hoje não vem à praia, foi a Coimbra com a mãe, escusas de estar sempre a virar a cabeça", avisou-me uma das mais espevitadas. "Diz-se que a mãe o proibiu de te falar, tão escandalosas eram as suas atenções contigo", insistiu com maldade uma outra. Falavam de mim e do João como se jogassem cartas, expulsando-me notoriamente do jogo. Estava na praia, ouvia as conversas e o ruído das ondas, mas sentia-me cruzar uma fronteira num outro domínio. A minha presença no mundo seria a de um fantasma se o João me rejeitasse, porém, ele amava-me, tinha-o repetido inúmeras vezes, esses receios não passavam de turbulentas fantasias. Quando regressava à realidade fixava as bocas das raparigas, conjecturando que um dia acordariam amordaçadas por um farrapo embebido no próprio veneno. Criaturas perversas! Até a Buja se mostrava ofendida por nunca lhe ter feito confidências sobre o meu namorado. Imaginava-as daí a uns anos, estúpidas e envelhecidas, entregues a uma vida fútil e a casamentos desfeitos. Detestava-as, com um rancor que não era capaz de evitar. Porém, talvez elas, as minhas supostas amigas, estivessem certas, talvez aquele sofrimento tivesse origem na cegueira das minhas pretensões e em expectativas tomadas como garantidas.

O João não apareceu naquela manhã. Cheguei a casa do padrinho à beira das lágrimas. Subi de imediato ao meu quarto, escusando-me ao almoço. Ia escrever-lhe, não sabia ainda exatamente em que tom, mas estava decidida. Escreveria uma carta que teria de ser objecto de refinada ponderação e de meticulosa calibração. Não poderia ser um longo queixume, lamentos só sendo polidos por uma ou duas graças de humor feminino, porventura incluiria uma subtil paródia aos sentimentos. Se pudesse escreveria a verdade, uma carta de amor com a sinceridade à flor da pele, uma carta de paixão ciciada, uma carta escrita baixinho com a voz límpida de um poema, uma carta cheia de mim. Essa atitude, no entanto, estava-me interdita, para que o amor não fosse trocado pelo consentimento da perdição. A madrinha havia-me ensinado as artes da dissimulação, mesmo antes de eu aprender a falar, tendo deste modo colocado as palavras mais espontâneas numa gaiola.

A filha mais velha do padrinho bateu à porta do quarto e entregou-me uma encomenda que chegara no correio da tarde. Era um livro com as páginas cheias de pétalas de rosas e uma nova carta do João. Li-a sofregamente. Em cada frase, uma súplica de amor, passagens que se definiam na doçura. Pedia-me perdão por ter faltado ao nosso encontro, mas a sua vida também era feita de cativeiros. Poderia ter ficado deslumbrada com tamanha delicadeza e acreditado que o João iria conservar esses sentimentos de amor e de felicidade, mas tinha uma vaga noção de que as alusões das minhas amigas não eram apenas calúnias e crueldades venenosas. Sob pressão da família, a paixão poderia ser facilmente sacrificada. A grande surpresa e choque foi a forma como ele permitira que eu fosse destratada, como me deixara exposta à troça do mundo. Fora submetida a graves humilhações, assim sendo, respondi à sua carta com inequívoca frieza.

A minha resposta deve ter espicaçado o João. Exprimira a minha mágoa, ao mesmo tempo que lhe dei a entender que esperava dele uma retratação. Ele voltou a escrever-me várias cartas inflamadas, empolgando-se na minha conquista. Cada uma das suas palavras de amor era uma semente concebida para o desmesurado. Havia-o desafiado, ou assim ele o entendera, com a minha suposta frieza. Marcamos encontros na praia ao amanhecer e ele levantou por mim o véu do futuro. Iríamos casar, ter filhos, envelhecer juntos. Ao mesmo tempo que rasgava horizontes, o João sussurrava palavras de amor, dizia-mas na boca, no pescoço, nos olhos. Eu abraçava-o, estreitava-o com toda a força, fixando-me a um sentimento capaz de me raptar à própria morte.

Com dezasseis, anos acreditei em ti, *Prince Charmant*, e entreguei-me com devoção ardente. Por ti seria capaz de desfolhar a chuva ou mudar a cor do céu. Vinhas para me resgatar da angústia, para me aquecer com chamas intemporais, para me iniciares nos teus mistérios, para me elevares a tua sacerdotisa. Aceitei o namoro com o João e todo o destino que ele definia como eterno.

A moldura do tempo era limitadora do amor. Éramos demasiado novos, sendo forçoso obedecer aos nossos pais e terminar os estudos. De regresso a Évora, quebrei os laços que me uniam ao Alberto e passei a escrever diariamente ao meu novo namorado. Existia uma inefável concordância entre a escrita e os meus sentimentos. Escrever-te, *Prince Charmant*, era modificar a tua ausência para uma intensidade dulcíssima que se revelava na claridade dos dias, na tormenta das tempestade ou nos gritos felizes das crianças. Escrever-te era desvendar emoções que se sentiam a si próprias, loucamente, em cada palavra. Sob o teu poderoso domínio, *Prince Charmant*, rendia-me à voragem dos versos. Amar-te e escrever poemas eram atividades simétricas debaixo de um mesmo céu deslumbrado.

Se a madrinha lesse as minhas cartas considerá-las-ia inapropriadas à candura de uma jovem dama, mas em tudo resto, eu e o João cumprimos à risca o protocolo dos noivados. Ele veio de Lisboa a Évora conhecer a minha família e pedir ao meu pai para namorar comigo. A madrinha considerou-o perfeito e uma prova de que os sacrifícios que havia feito por mim talvez tivessem valido a pena.

Namorei o João durante seis meses, período em que me preparei para ti, *Prince Charmant*, com a devoção de uma noviça fervorosa. Vivia em ansiedade epistolar sempre na expectativa da próxima carta. Compunha mentalmente novas missivas antes do carteiro chegar, porque escrever-lhe criava permanência e o meu amado deixava de estar entre a distância e a saudade.

Até que um dia chegou a derradeira carta. O carteiro veio de manhã, mas guardei o sobrescrito na algibeira. O dia estava encantador na sua frescura e limpidez e, em vez de ler sofregamente as palavras do meu amor, dirigi-me a um dos parques da cidade. Sentei-me debaixo de uma árvore contemplando as pessoas que iam e vinham sem rumo certo, admirando os ciprestes do jardim, esguios, organizados em aprumadas fileiras. Abri o envelope. Os caracteres azuis, primorosamente inclinados sobre o papel, eram semelhantes aos de outras cartas, não existiam rasuras, nódoas ou outros sinais que indiciassem algo de inesperado. As palavras, porém, rebelaram-se em motim, mal comecei a ler. O conteúdo da carta revelou-se extremamente escasso, limitando-se a comunicar-me o fim do namoro. O João prometia-me afeto eterno nas suas memórias, para logo de seguida quebrar o compromisso assumido. Procurei nas entrelinhas uma forma de tratamento mais íntima ou pelo menos uma explicação. Não existia nada, apenas palavras cruéis e nefastas que me empurravam para um círculo de perguntas sem resposta. Naquelas poucas linhas, ele conseguira ser mais rápido do que a própria despedida. Li a missiva em voz baixa, uma e outra vez, ténues murmúrios que eram uma espécie de grito. A tarde inteira estremeceu, mas ninguém me ouviu gritar.

A ruptura paralisou-me num luto doloroso. O João não se contentara com um tiro certeiro, quisera fazer-me crer que também sofria com a separação, não prescindindo de uma memória eterna. Odiei-o, voltei amá-lo, caí doente e reencontrei-o ao escrever versos. Redigir poemas era a expressão natural para a minha mágoa, rimas que me levavam numa mortalha. O apelo da morte era uma voz integralmente sobreposta à minha, segredando-se uma derradeira paz e apontando-me um local de uma calma imperturbável.

Às vezes, *Prince Charmant*, ainda te aproximavas. Os teus dedos agarravam o meu punho fechado sobre a caneta para beijares os meus lábios aveludados, mas quando erguia o olhar tinhas olhos de um anjo de pedra. Então chorava, ansiando por uma carícia breve, como uma criança que não pertence a lado nenhum. A Henriqueta fez o possível para me forçar a sair da letargia. Dava-lhe respostas coerentes quando ela perguntava se me doía alguma coisa. Simplesmente, recusava-me a comer e o meu discernimento sobre a realidade deixara de ser completo. Deitava-me, fixando o tecto, sem proferir palavra. Desvanecia-me por entre as frinchas da parede, imitando os movimentos convulsivos de um insecto. Reduzida ao estado de uma borboleta morta, apossava-me do prazer da inação.

Sem soluções para a minha situação nem ajuda de mais ninguém da família — a madrinha acusava-me de preguiça, desconhecendo as razões do meu desgosto, e o pai encolhia os ombros — a Henriqueta foi falar com o Alberto. Aos seus olhos, o rapaz era uma versão do legítimo e perfeito cavalheiro, ao contrário daquele outro que me causara tamanho pesar. Não faço ideia o que lhe terá dito sobre a minha misteriosa doença, mas o Alberto passou a ser uma presença constante em nossa casa. Trazia-me doces conventuais que me incitava a engolir e tentou entusiasmar-me para os exames do liceu. As suas visitas eram acompanhadas de uma loquacidade compulsiva, preenchendo os espaços do silêncio como se dessa atitude dependesse a possibilidade de me curar. A sua fluência raramente era interrompida, porém, às vezes, também ele se calava. Um silêncio, imagino eu, ocupado pelas muitas memórias de rejeição.

O sofrimento que causamos é o último de que nos apercebemos, por isso quando o Alberto, algumas semanas mais tarde, me propôs que noivássemos fui apanhada de surpresa. "As paixões não tornam as pessoas necessariamente mais felizes", afirmou, acrescentando que, com o tempo, aprenderia a amá-lo. Acho que sorri, um sorriso que se pretendia dulcíssimo, mas que me cortava os lábios. Esta inesperada declaração deixou-me em estado de incerteza e confusão. Ele olhava-me à espera de uma resposta, um olhar fixo ao mesmo tempo cândido e imperturbável. Ocorreu-me que se recusasse, ficaria desamparada na solidão. A palavra "sim" aproximou-se da minha boca, apesar de não estar certa do seu significado. Sentia-me vulnerável, uma inválida tentando abrir caminho em terrenos acidentados e, se o rejeitasse, ficaria a cambalear sozinha. Por outro lado, aceitando-o, de certa forma vingava-me, tendo direito a uma festa de casamento. Comecei a despedir-me de ti, *Prince Charmant*, quando aceitei casar-me sem amor. Disse-te adeus, ideia em si absurda, porque nunca estiveste ligado a ninguém a não ser à voz de uma mãe ausente e inútil.

Évora, 1921

Alberto Moutinho dirigiu-se ao cartório para assinar os papéis do seu divórcio de Bela. Pedira férias no Banco Nacional Ultramarino e havia chegado há dois dias a Évora, vindo do Algarve. Ficara instalado num albergue à entrada da cidade. A pensão era uma das preferidas de caixeiros-viajantes e lavradores remediados por ser asseada e barata. D. Aninhas, a patroa, mostrara-se timidamente excitada com a sua estadia, afinal conhecia-o desde jovem. A mulher gerava constrangimentos com as suas perguntas sobre a esposa e a família. Evitava-a, preferindo tomar o desjejum numa taberna.

De manhã, na Praça Giraldo, passava um rodopio de gente sem que ninguém o interpelasse. O anonimato, a ideia de ser um vulto indistinto no meio de um mar de pessoas, o pensamento de ceder de si apenas o seu nome fazia-o sentir uma súbita facilidade em relação à vida. A desonra conduzira-o a Évora e, para um homem como ele, alentejano, moderado e íntegro, o vexame apenas conseguia apaziguamento através do mutismo. Em momento algum era capaz de esquecer o assunto que ali o trouxera: a sua assinatura nos documentos de divórcio. No entanto, a devastação também se adapta às necessidades humanas e as suas começavam a admitir a anulação do casamento.

Alhear-se das causas perdidas — e Bela pertencia a essa categoria — seria a melhor atitude a adotar, enquanto aguardava pela abertura do Cartório. Aliás, era a única via possível para destruir de vez o sonho de merecer o amor de Bela. E não havia dúvida de que se transformara num sonhador obstinado, tanto assim era que se ia assumir culpado de adultério, quando fora ela que o traíra.

Voltou a lembrar-se de um memorável instante, nas vésperas do casamento, em que Bela lhe assegurara como valorizava a honra, preceito que, no entanto, ignorou, como se veio a descobrir mais tarde. Durante os seis anos que durara o matrimônio, esforçara-se por apreender os segredos da sua mulher, os seus humores oscilantes, a sua relutância em permanecer constante. O espírito de Bela sofria de mutações, os seus planos e desejos mudavam de semana para semana e, no entanto, qualquer que fosse o seu propósito parecia estar sempre suspensa à beira de um abismo. Talvez por isso, havia permitido que realizasse todos os caprichos admissíveis a uma mulher, mas não era homem para se submeter ao ultraje de um adultério com um alferes da Guarda Republicana. Ser traído não era algo que tivesse antecipado, mesmo sendo Bela tão instável. Mas, mais uma vez, fez tudo o que estava ao seu alcance para lhe facilitar a vida, quando podia ter frustrado os seus desígnios e escolhido o caminho das represálias.

Era incapaz de a odiar, amava-a desde criança. Assinar os papéis do divórcio obrigá-lo-ia a confrontar-se com a sua perda, o que ainda o deixava confundido. Excluí-la da sua vida aliava uma enorme tristeza à gravidade da deslealdade. Assim, deixou passar dois dias antes de tomar a iniciativa de se dirigir ao cartório e apagar seis anos da sua vida com uma rubrica num documento oficial. O seu casamento chegaria ao fim logo que a tinta secasse e isso, em parte, parecia-lhe insuportável.

Desde que chegara à cidade caminhara ao acaso não se fixando a nenhum itinerário. A realidade ia-se estreitando perante as intimações do passado, e as lembranças vinham, penosamente, inserir-se no presente, projetando-se sobre as fachadas dos edifícios. Milhares de visões atravessavam o coração da sua melancolia e subiam-lhe à cabeça: Bela a deitar-se com as suas camisas de noite lindíssimas, a maneira peculiar de ela roer o lápis, o seu olhar profundo enquanto recitava um poema, as suas gargalhadas infantis, a forma como descascava uma maçã numa espiral perfeita. Via imagens de todo o gênero e guardava-as, porque separar-se delas seria desligar-se da própria biografia. Passeava-se pelas ruas de Évora, mas a cidade não se inscrevia em nenhum lugar concreto. As memórias e os seus estados íntimos agarravam-se às paredes rugosas dos prédios, às carruagens, aos cães a ladrar e do que o rodeava apenas tinha um vago vislumbre. As suas obsessões eram tão poderosas que não existia alheamento possível. Mal podia crer que a sua mulher — não conseguia ainda pensar em Bela de outra maneira — tivesse quebrado o compromisso e o traísse há meses, tendo em vista um futuro risonho com outro homem. Sobretudo quando ele reservava para ela uma estima e um amor verdadeiro, ao ponto de o demonstrar mais uma vez, libertando-a de todos os votos. Aqueles dias em Évora serviram para extrair a ira das suas recordações. Ainda assim, sentia necessidade de restituir as emoções aos tempos de origem para as compreender, deixando-se ir atrás do passado como se tombasse sobre uma queda necessária.

Escolheram o dia de aniversário de Bela para a cerimônia do casamento e decidiram realizá-lo em Vila Viçosa. A noiva estava encantadora, as rendas brancas aplicadas sobre o vestido realçavam a sua aparência virgem. Durante a festa, Bela movimentava-se entre as pessoas com a elegância de uma figura de luz, falando com os convidados um a um. Era com satisfação que Alberto Moutinho observava todo aquele espetáculo, ainda mais deliciado por ela se manter amorosamente agarrada a ele. Uma multidão de senhoras elegantes e cavalheiros com atitudes corteses veio cumprimentá-los depois da missa. A seguir ao almoço, houve um súbito irromper de aplausos exuberantes, o que a comoveu profundamente. Abraçou a madrinha, com especial carinho, pela sua incansável solicitude na organização da festa. Nessa época, ele ainda não havia descoberto que muitas das manifestações de apreço da sua mulher eram puro artifício, impedindo a emoção genuína de se fazer ouvir.

João Espanca havia-lhes pagado uma curta estadia num hotel de Lisboa. Os noivos foram apanhar o último comboio em Évora. A trepidação da carruagem era acompanhada pelos gritinhos de excitação de Bela. Alberto interpretou as suas gargalhadas como uma afinidade perfeita com ele e com o momento. À medida que se aproximavam da capital e a luz de Inverno se adensava, Alberto só pensava nas promessas da noite, desejando ardentemente ficar a sós com a sua mulher.

A distância começou no momento em que entraram no quarto de hotel e o criado lhes entregou a bagagem. Até a esse momento, a satisfação de Bela nunca vacilara, manifestando-se feliz com a plácida paisagem alentejana que se avistava da janela do comboio, demonstrando um espanto risonho com a iluminação noturna de Lisboa ou com a excelência do hotel. Após dar uma gorjeta ao garçom, ficaram finalmente sozinhos. Apesar de magnificamente decorado, o quarto era demasiado pequeno para os embaraços de uma virgem. Alberto esforçou-se por tranquilizar Bela, assegurando-lhe com um beijo no pescoço que os suspiros de um homem têm o seu uso próprio. Via-se que estava amedrontada e a consciência desse estado irritou-o. Naquele momento, não lhe apetecia fazer elogios à candura dos seus olhos, preferia o brilho turvo do pecado. De uma forma arrebatada, fez-lhe um reparo sobre a rápida passagem das horas, destacou o anoitecer. Disse-lhe sem mais rodeios que estava na hora de se irem deitar.

Bela dirigiu-se para o quarto de banho e voltou atabafada com uma longa camisa de dormir. Alberto fez o mesmo. Ao reentrar, bateu respeitosamente à porta antes de girar a maçaneta. Bela apagara o candeeiro e o quarto encontrava-se imerso na penumbra, os seus passos rangiam no soalho, soando amplificados e tenebrosos. Bela enroscara-se na cama contra a parede, parecendo despojada de volume, dando até ideia de que o leito se encontrava vazio. Alberto sentiu-se um monstro de lascívia. Afinal, ela conhecia-o desde criança, era ele, o mesmo que a ajudara na escola com os exercícios de aritmética e a quem ela agradecia com um abraço apertado. Entrou hesitante na cama. O gesto pareceu-lhe desesperadamente parecido com as poucas vezes que frequentara prostíbulos. A mesma cena: uma mulher deitada a aguardar por ele, estremecendo de repulsa. Apertou Bela nos braços e sentiu-lhe o corpo hirto num rígido abandono. Ela manteve-se de olhos fechados, apertando com força as cobertas. Esforçou-se por despachar as suas investidas como se a brutalidade masculina lhes desfeasse a infância. Apesar disso, teve tempo para se aperceber que só o pudor e o orgulho a impediram de gritar.

Beijou-a na testa logo depois de tudo terminar, sem conseguir entender porque é que se sentia trespassado pelo remorso. Afinal, limitara-se a exercer os seus direitos de marido. No entanto, sofria por senti-la atrozmente ferida e por as circunstâncias terem sido tão mortificantes. Então, surpreendeu-se por ter esperado outra coisa, porventura essa expectativa errática teria decorrido da excitação dos primeiros beijos. Era idêntico com todas as mulheres. Não percebia porque é que sonhou que com Bela seria diferente e que ela se lançaria nos seus braços.

Durante os anos do casamento, Alberto sentiu sempre algo de vergonhoso nos momentos de intimidade física. Uma certa tensão entre o desejo e o ressentimento impedia-o de se libertar. As inquietações noturnas baralhavam o seu amor, colocando-o sob a ameaça de constrangimentos vários que o expulsavam do prazer. Ele e Bela partilhavam, por diferentes razões, uma espécie de acordo tácito que estabelecia que os deveres da carne, algo repugnantes para ela, exigiam os ritos de uma batalha. Ele acariciava-lhe os seios, levantava-lhe a camisa e, entretanto, como um sinal, ela suspirava, gemidos angustiados que o impeliam a acelerar o que tinha de ser feito.

Os desencontros sexuais aborreciam-no ao ponto de a ternura, às vezes, dar lugar à irritação, como um chuvisco miudinho que, aparentemente, não molha, mas que, ao fim de algum tempo, deixa o espírito enregelado. Não lhe perdoava que a exuberância dos seus poemas, aquelas iluminações poéticas preenchidas com passagens de amor fulminante, não passassem de um embuste. Pior do que a frigidez sensual era o sentido absolutamente provisório dos seus projetos. Tudo o que Bela planeava era efémero, sendo possuída continuamente por novas intenções e pensamentos extravagantes que ela apresentava como planos muito claros que trariam uma nova ordem e mais felicidade ao seu mundo doméstico, conjugal ou material, consoante as circunstâncias. Às vezes, Alberto ficava com a ideia de que se tinha casado com um livro onde se liam coisas diversas em função do momento, em todo o caso impossíveis de decifrar numa passagem coerente.

Nos primeiros tempos de casamento foram viver para o Redondo. Alugaram uma casa de dois andares, pintada de branco, que parecia vergar-se para a rua estreita. Bela mobilara-a com trastes velhos doados pela família, dispondo os móveis e as peças antigas de modo a beneficiarem com a claridade das janelas, inventando uma harmonia própria. Decorara a casa com requinte, como se criasse um ambiente puramente ficcional, o único que se ajustava ao seu temperamento. Não podia ostentar riqueza nem a sumptuosidade que talvez apreciasse, mas qualquer visita ficaria deslumbrada com a iluminação dos candelabros e com algumas estátuas que o pai lhes oferecera. De repente, sem que sinal algum denunciasse a derrocada das paredes, detestava tudo. A casa, em particular o salão, era um reflexo da ruína em que ela se iria transformar.

A sua instabilidade tornava-se grave por causa do colégio. Antes de casarem haviam decidido abrir no Redondo uma escola em regime de semi-internato. A ideia viera de Bela e expusera-a com arrebatamento, como se estivesse a ver instaladas nas carteiras as crianças lindas e bem-educadas que viriam a ser os seus alunos. Nos primeiros tempos, revelou-se uma mestra dedicada, com dotes pedagógicos excepcionais. Desafiava o pensamento dos meninos, apelando à sua fantasia com espantosos voos. Rapidamente, no entanto, surgiu a fadiga e um conjunto de recriminações. Estava cansada, mal tinha tempo para escrever poemas, os lucros quase não davam para o sustento da casa. Um tédio longamente suportado era o que se poderia esperar da vida se continuassem no Redondo.

Logo nos primeiros meses, Alberto sentiu como era fácil perder o contacto com os desígnios de Bela. O que ele veio a descobrir, com um terrível calafrio, é que ela era uma mulher sempre em fuga. Ele apreciava as rotinas, a clareza de ideias, os espíritos sensatos, e a inconstância da sua mulher atuava sobre si como uma camada de ar muito porosa, através da qual sentia dificuldades em respirar.

Talvez não fosse culpa sua, talvez Bela não fosse a esposa que Alberto acreditava necessitar. Não que tomasse as suas atitudes como uma afronta à sua autoridade de marido, nem tão pouco pretendia, como muitos homens, submetê-la e fazer dela uma criatura obediente. Contudo, haviam contraído matrimônio e as infelicidades dela não eram algo que ele pudesse facilmente descartar, por isso decidiu que o melhor para os dois seria deixarem a vila do Redondo. Recorreu aos contatos da família, conseguindo arranjar colocação para ambos no Colégio da Nossa Senhora da Conceição em Évora.

Bela tomava as novidades como referências de fantasias ou quimeras. Os sorrisos de felicidade voltaram nos primeiros meses em Évora e nem havia muito tempo para lamúrias, porque ela tinha o dia preenchido com explicações. Pouco a pouco, a cidade passou também a revelar uma atmosfera maligna. Os olhos das pessoas, a sua forma de cumprimentar, ora demasiada penosa ora leviana, o rebuliço e a gritaria dos dias de mercado, o estranho silvo do silêncio aos domingos, todas essas características de Évora condenavam-na a uma existência mesquinha. Passou a reclamar por Lisboa, cidade onde se poderiam ouvir finalmente os ecos do mundo.

Voltaram as discussões, desentendimentos semelhantes aos que já tinham tido quando viviam no Redondo. Como sempre, Bela adornava com virtudes o que não estava ao alcance da vista. Em Lisboa, existia a universidade, os poetas, a verdadeira intelectualidade. Argumentos proferidos com o habitual arrebatamento e a mesmíssima obstinação. Alberto respondia-lhe de modo deliberadamente vago, porque não estava disposto a ceder em relação a uma mudança para a capital. Aliás, não podia. De que é que iriam viver? Em certos dias, no meio da contenda, soltava uma gargalhada, cujo tom deixava transparecer quão absurdas eram as exigências da sua mulher. Noutras ocasiões, quase se deixava enredar pela lógica retorcida das ideias de Bela. Quando, por fim, lhe explicava que a hipótese de qualquer mudança era naquela altura inviável, ela deitava-lhe um olhar fulminante. No entanto, em certos dias e, sem motivo visível, Bela regressava à sensatez, parecendo uma sobrevivente do próprio temperamento.

Viviam em Évora há um ano quando D. Mariana adoeceu. Bela acompanhou-a a Lisboa para exames médicos. Alberto foi buscá-la à estação após um mês de ausência e estranhamente encontrou-a muito consternada. Os médicos haviam diagnosticado à madrinha um tumor no útero. A voz de Bela demonstrava cansaço, bem como a extenuada recusa em sofrer por causa de uma mulher que tanto mal lhe fizera. No caminho para casa, foi relatando as palavras dos médicos e as reações da madrinha como quem assistira a uma cena de morte num teatro, podendo sair das emoções mal a peça terminasse. Impusera-se como necessário manter o autodomínio e, já em casa, enquanto desfez as malas, enquanto orientou o jantar com a criada, Bela reagiu com uma expressão manifestamente focada nas tarefas, evitando no discurso enunciados relacionados com doenças.

Ao serão desabou. Talvez o odor de decomposição oriundo do candeeiro a petróleo lhe recordasse o cheiro de feridas em carne viva, talvez a sua luz fraca e difusa fosse favorável a uma contemplação do passado. Alberto fitou a sua mulher profundamente, enquanto a ouvia divagar sobre a madrinha, a sua infância, assinalando a prontidão das suas palavras para acolher mágoas. As afirmações nem sempre seguiam à risca a sequência do tempo, como alguém, que, embora não estando completamente insano, também não estava de todo equilibrado. Escutava-a como quem espreita através de uma vidraça poeirenta, distinguindo nas sombras de Bela, a menina que rondava furtivamente a conversa.

"O sofrimento da morte é bem menos doloroso do que o sofrimento da vida", assinalou Bela, em dado momento, numa voz quase inaudível. A frase surgiu-lhe sem premeditação, não eram tanto as palavras em si que confundiam Alberto, mas a maneira como o desgosto brotava delas, parecendo saídas de outros lábios. Ela retomou o transe para, de súbito, acrescentar: "Com a madrinha, sempre estaria votada ao fracasso, com a madrinha os resultados seriam sempre os mesmos."

Não se compreendia se Bela mencionava a sua viagem a Lisboa ou a história da sua relação com D. Mariana. O discurso apresentava-se com o nexo confuso dos sonhos. A certa altura, referiu a possibilidade de o pai vir a abandonar a mulher à sua condição de moribunda, hipótese que a perturbava. A morte da madrinha e as suas consequências devastadoras não eram coisa que ele pudesse ignorar. A dúvida escondia um processo venenoso que podia arruinar a bondade da pessoa que ela mais adorava, por isso não era uma pergunta, mas o início de uma explicação. "Deve ter sido a Henriqueta que o impediu de partir para Lisboa", considerou Bela, mostrando um súbito mal-estar. Por não conhecer uma resposta tranquilizadora, Alberto sugeriu que ela fosse dormir.

Só agora que a revisitava na memória, Alberto Moutinho compreendia como muitas das atitudes de Bela terão sido influenciadas pelo espírito de oposição à madrinha e pela dor que ela lhe causara. Assim se explicava que, pouco tempo depois desta conversa, num domingo de Inverno em que o brilho da manhã arrastava consigo um vento gélido de norte, Bela tenha decidido sair à rua vestida com umas calças suas. Durante o desjejum da manhã, fez-lhe um reparo bem-humorado sobre a extravagância da vestimenta. Devia ter pensado duas vezes antes de a provocar. Para sua estupefacção, ouviu-a retorquir, com notória seriedade, que o vestuário feminino não tinha de obedecer a convenções. Estava-se no século vinte e as mentalidades modernas não ficariam intimidadas com uma mulher vestida de calças. Alberto ainda tentou evitar que ela saísse naqueles trajes, mas a irritação de Bela despontou de imediato, acusando-o de ser um puritano.

Regressou duas horas mais tarde. Alberto lia o jornal, quando Bela entrou de rompante em casa, o rosto congestionado e em fúria: "É nesta cidade que tu me obrigas a viver?", questionou, a voz alterada e estrepitosa. O marido fez frente à sua irritada diatribe, encarando-a com um olhar imperturbável enquanto ela lhe descrevia como fora insultada por se vestir à homem. Vários rapazes haviam chegado ao ponto de lhe atirar pedras, rindo maldosamente da sua figura. Uma pequena multidão associara-se às injúrias, em defesa da moral e dos bons costumes. "Nunca fui tão humilhada!", assegurou, fixando o marido como se ele fosse o pior dos apedrejadores. Alberto respirou longamente, antecipando que a partir daquele dia, Bela iria conjugar críticas, lamentos e ameaças para que deixassem a cidade.

Aquela havia sido uma experiência de humilhação quase física, um vexame em que descera ao mais profundo abismo da indignidade humana. Do ponto de vista de Bela, era impossível continuar em Évora. O volume de protesto em relação à cidade subiu de tom e foi o próprio Alberto quem sugeriu o regresso à vila do Redondo.

Voltaram a viver no Redondo, mas retornaram a Évora passados dois meses. Bela mudava de ideias e de planos mais depressa do que as caprichosas direções do vento. Decidira que terminaria o liceu em Évora para depois estudar Letras na Faculdade em Lisboa. Alberto ouviu este propósito, fixando-a boquiaberto. Como se eles tivessem dinheiro para isso! E, não seria, decerto, João Espanca que a iria sustentar. De qualquer modo, os pensamentos dela, além de irreais, eram flutuantes, podendo a qualquer momento modificar o seu rumo.

Não passava de uma fantasia, de uma mera fantasia, Bela devia ter disso noção. Pelo menos foi o que Alberto pensou quando acedeu regressar a Évora. Encorajou-a a fazer os exames finais de liceu, para ter um emprego de professora no colégio onde ele próprio ensinava. Mas ninguém a demovia dos seus intentos e não seria ele quem lhe iria refrear os ânimos, ao vê-la tão empenhada nos estudos. De qualquer modo, os dias pareciam mais fáceis quando as expectativas fantásticas da sua mulher, esperanças que alastravam pelo seu espírito como tintas sobre uma tela virgem, sustentavam a vida em comum.

Os excessos de Bela eram reconhecíveis também na poesia. Os seus versos geravam em Alberto emoções perturbadoras por a sua esposa possuir uma existência que não era partilhada com ele. Reconhecia o poder das suas rimas, o cuidadoso rendilhado das palavras, mas assustava-se com o mundo de mágoa e de vazio que revelavam. Só umas mãos de pedra teriam força para arrancar a dor esculpida sobre o rosto da mulher que escrevia aqueles poemas. Quando Bela lhe dava versos a ler, Alberto não conseguia deixar de pensar que desejava ter sido outra pessoa a escrevê-los. Era como se a mulher com quem casara só respirasse através da sua obra e a de carne e osso fosse intocável por somente estar viva em páginas de papel.

Havia ainda outro problema: encontrar as observações ajustadas, para que o ego de Bela sobrevivesse às análises de Alberto. Quando lia os seus versos não podia proferir uma torrente de elogios nem trivialidades, tinha de mergulhar na profundidade dos seus rasgos criativos e serenar as suas hesitações e receios. Pressentia nos seus olhos, ao terminar de ler, que Bela esperava que ele fizesse interpretações pertinentes, que encontrasse sentidos que lhe demonstrassem o gênio, senão perder-se-ia no interior de um santuário vazio. Se ao menos Bela compreendesse como o seu amor tornava desnecessário tudo aquilo. Era como se fosse cega e, apesar de não ver, abrisse janelas atrás de janelas para se saciar com um horizonte de palavras a levantar voo.

Da mesma forma que certas mulheres mundanas parecem não ter outras inquietações para além da beleza, Bela só parecia preocupar-se em juntar a sua imagem ao reconhecimento dos seus versos. Alberto intuiu-o quando a sua mulher lhe mostrou pela primeira vez uma poesia publicada num jornal. O sonho de uma carreira literária dominava o seu espírito, moldando uma obsessão e excluindo-o a ele. A felicidade de ver os seus poemas impressos e a fúria perante algumas gralhas sugeriam algo semelhante à voluptuosidade de um enlace solitário.

Bela correspondia-se com uma tal de Júlia Alves, sub-diretora da revista *Modas e Bordados* e a opinião dessa mulher parecia ter mais importância do que tudo o que ele, o seu marido, afirmava. A princípio, Alberto sentira-se feliz por haver alguém com quem Bela pudesse partilhar os seus cismas. Mesmo sendo uma pessoa que ela não conhecera pessoalmente, as cartas de Júlia Alves traziam-lhe um novo ânimo e a sua mulher mostrava-se mais serena. Os períodos de apaziguamento em que Bela estudava e mantinha conversas normais levavam-no a inferir que as suas extravagâncias seriam efémeras e que bastaria um bebé nos braços para que esses devaneios passassem.

Pelo contrário, essa amizade epistolar trouxe a Bela grandes esperanças, cada carta era como uma promessa de conseguir escapar a uma vida banal e pouco imaginativa. Afinal, tratava-se de uma mulher de letras e ainda por cima de Lisboa, assinalava amiúde. Alberto coibia-se de referir que a revista em causa era de modas e bordados, pois conseguia ouvir um fundo de felicidade na voz dela e esse acréscimo de alegria repercutia-se, favoravelmente, no trabalho e nos estudos.

Alberto gostava de pensar no seu amor por Bela como uma revelação de eternidade, mas foi tomando consciência de que, para viver com ela, era necessário quebrar uma redoma de vidro. Obviamente que a sua mulher dava ordens à criada, lições aos alunos e proporcionava respostas ajustadas às perguntas de visitas, amigas, estranhos e, até a ele, o seu marido, parecendo dispor de uma mente equilibrada. No entanto, observara-a muitas vezes a falar sozinha, recorrendo a palavras poéticas que embatiam numa superfície de vidro, notando que a sua atenção só seguia aquele eco. Em certos momentos, pela forma como Bela inclinava a cabeça, quase que sentia o seu espírito libertar-se numa torrente indomável de versos, exprimindo-se em linguagens imaginárias. De onde lhe vinha toda a instabilidade, senão da poesia?

Lutou por Bela até aos limites do razoável. Nunca esperou que a obstinação da sua mulher resultasse na dissolução do matrimônio. Depois de terminar com sucesso o liceu, as discussões foram-se tornando mais acesas. "Ela quer, ela quer, só interessa o que ela quer", resmungava Alberto, sozinho na sala após mais um confronto que evoluía para outro do mesmo gênero, sempre a propósito da pretensão de Bela em ir estudar para Lisboa.

Não foi de um dia para outro que o casamento se desmoronou. Aliás, o amor não estava, pelo menos do ponto de vista de Alberto, esgotado, mas entrara numa fase turbulenta. Todas as suas atitudes de marido constituíam para ela uma prova de desprezo. Acusava-o de não compreender o poder da poesia, de não a ajudar a sair do círculo provinciano de Évora, de não apoiar os seus apelos ao pai para lhe pagar a universidade, de não a aplaudir com entusiasmo nos recitais poéticos do colégio onde davam aulas. Um dilúvio de críticas e censuras que sugeriam um ciclo de rejeição.

Um dia, Alberto sucumbiu a um ataque de ira e, como represália, rasgou um dos cadernos de poemas de Bela. Haviam discutido de novo a ida para Lisboa e, após ela ter abandonado a sala furiosa, reparou num dos seus cadernos esquecido em cima da mesa. Odiava aqueles versos, aquela conversa em torno da elevação da arte, a entrega da sua mulher aos amores de papel. Não suportava mais ultrajes, aqueles olhares fulminantes e as fúrias de Bela, sentindo um prazer voluptuoso ao escutar o ruído das páginas a serem rasgadas. Rasgar, amarfanhar, dilacerar, ferir eram as ações que agitavam a cólera das suas mãos. Deixou-se cair extenuado em cima de uma cadeira. O chão ficou coberto por farrapos de palavras, fizera a poesia em pedaços. Todos os versos de Bela eram demasiado trágicos para as proporções normais das coisas. Ela e a poesia viviam no interior de um ciclo amoroso, excluindo-o continuamente. Algures, entre a exaltação do desejo e sua dilaceração, entre a paixão e o ódio, entre a mágoa mais mortificante e o apaziguamento da morte, no meio de tantas sensações e palavras, existia a sua mulher.

À medida que o acesso de raiva foi passando, Alberto sentiu-se escandalizado com aquele impulso. Como é que fora capaz de fazer algo tão repreensível e vergonhoso? Como pudera infligir semelhante golpe à sua mulher? Era como se tivesse tentado aniquilar a própria identidade dela, mutilando os versos. Chamou de imediato a criada para varrer o chão, escondendo os vestígios do delito. Tendo noção de que Bela nunca lhe perdoaria, conseguiu persuadi-la de que o caderno onde tinha escrito a Alma de Portugal se teria perdido algures, nos percursos entre Évora e Vila Viçosa.

A culpa e os seus fantasmas perseguiram Alberto durante algum tempo, enfraquecendo a sua vontade de contrariar a sua mulher. Se ela tinha tanto empenho em estudar na universidade, iriam para Lisboa. O que antes era visto como uma oposição obstinada à sua autoridade de marido, passou a ser encarado como anseio criador. Não seria ele quem iria impedi-la de se afirmar como poeta.

Conseguiu convencer o pai e o sogro a sustentá-los até ele arranjar emprego na capital, sendo João Espanca o mais difícil de persuadir. Mais tarde, Alberto veio a recordar com nitidez o tom irritado do sogro enquanto ele expunha as suas razões. A filha era agora uma mulher casada e isso libertava-o de responsabilidades, considerou. Como em tantas ocasiões no passado, João Espanca enveredou a princípio por um discurso evasivo, mas perante a insistência do genro, ministrou-lhe um sermão de palmatória sobre o papel dos homens no mundo. Onde é que alguma vez se vira uma mulher ir estudar para a universidade? Ainda por cima, Letras! Era suposto, acrescentou, que a poesia fosse um passatempo tão assisado como bordar ou tocar piano e não dar origem a disparates que comportavam despesas. Era obrigação de um marido enfiar algum juízo na cabecinha de vento de sua mulher em vez de alimentar os seus caprichos.

Ao longo dos anos, Alberto tinha aprendido muito sobre o sogro, sabendo que a vaidade era um dos seus pontos fracos. Aplicou-se em expor argumentos de cariz duvidoso, nos quais realçava o prestígio de um burguês de província, um homem inovador no uso das técnicas mais modernas, se tivesse uma filha licenciada. João Espanca fixou-o longamente, realizou complexos cálculos com papel e lápis e cedeu desde que Bela fosse para Direito. Se a rapariga queria estudar na universidade, ao menos que fosse para doutora de leis que sempre tinha alguma utilidade. Bela não acreditou que semelhante exigência fosse da iniciativa do pai. Alberto explicou-lhe incontáveis vezes que, apenas na condição de ela estudar leis, João Espanca aceitaria apoiá-los. A vitória tão arduamente obtida virou-se contra ele. Mais execrável do que a desfeita de ir para a faculdade de Direito, eram as falsidades do marido sobre o pai. Ao evidenciá-lo, Bela demonstrou toda a indignação de que era capaz. A injustiça da crítica desfigurou o rosto de Alberto. A primeira vez que ela o acusou de mentir, ele agitou--se na cadeira, desferiu um murro na mesa e saiu do aposento agastado com a ingratidão da mulher. Ainda tentou confrontar o sogro na presença de Bela, mas o velho revelou apreciáveis faculdades para elaborar uma outra versão em que lhe apontava cumplicidades.

Partiram para Lisboa. João Espanca arranjara-lhes acomodação na casa de um amigo, Edmond Damião. Bela não partiu feliz. As desilusões com o casamento acumulavam-se e apesar de a palavra "separação" nunca ter sido pronunciada não tinha deixado de pairar nos seus pensamentos. Existia um antagonismo latente que dominava a sua relação com o marido.

Também para Alberto a estadia em Lisboa não começou bem. Não conseguia encontrar um emprego condigno com os seus estudos, o que lhe provocava uma sensação de inutilidade. A vida fugia-lhe e ele resvalava, mergulhando no torpor e no marasmo. Além disso, não suportava viver de favor em casa de uma pessoa que mal conhecia. Irritava-o ainda mais que Bela não desse valor aos seus sacrifícios. Discutiam muito e, mesmo quando se reconciliavam, algo ia ficando ensombrado por detrás do olhar dela. Essa sensação, aflitivamente dolorosa, enfurecia Alberto, convertendo-se no desejo de a ferir. Pela primeira vez, ridicularizou as suas ambições literárias por ela esperar há semanas uma resposta de um tal Raul Proença, outro amigo do pai, que lhe dera vagas esperanças de os seus poemas poderem ser editados. "Nunca pensei que fosses capaz disso", respondeu-lhe Bela com um laivo de surpresa e num tom verdadeiramente zangado, por o marido assinalar em tom de troça as suas constantes perguntas sobre o correio. Dessa vez, Alberto pediu-lhe desculpa, mas, ao longo do tempo, foi encontrando outros motivos para se enfurecer. Censurava a sua atitude diletante face aos estudos — Bela detestava o curso de Direito — e irritava-se com os seus achaques maníacos quando tinha de fazer um exame.

O coração de um e de outro, como uma planta carnívora, foi-se abrindo ao azedume e ao ressentimento. Pequenos episódios enxameavam os pensamentos de ambos com acusações que renovavam a distância. Numa manhã gélida de Março, Bela acordou a gemer, queixando-se de dores no ventre. Alberto não se mostrou impressionado, pensando tratar-se de um pretexto para faltar às aulas, de uma das suas compulsões neuróticas ou de um ataque de hipocondria. Um dos muitos momentos de dramatismo que a vida conjugal lhe destinara. Saiu para dar explicações a um estudante que arranjara recentemente e regressou três horas depois. A sua mulher sofrera um aborto e ardia em febre, explicou-lhe Edmond Damião, mal entrou em casa. O médico havia acabado de sair. Bela delirou toda a noite numa sonolência febril. Alberto passou a noite a seu lado, enumerando as suas faltas. O pesadelo mais grave era vê-la morta e pensar nisso fazia-o estremecer de culpa. Falou-lhe baixinho, prometeu-lhe dádivas de bons sentimentos e um apoio sensível às suas ambições literárias, jurou-lhe aceitar a grandeza que ela procurava. "Cada bocadinho do teu corpo é-me querido", segredava. A força do seu amor não havia sido corrompida nem se media pelos últimos desencontros.

Chegou ao ponto de se convencer que tudo era recuperável, tudo voltaria a ser aprazível como quando eram crianças. E, de algum modo, durante aquela noite, havia pagado pela sua negligência, tendo em parte expiado os seus pecados. Acreditou convictamente que assim seria, por isso ficou ofendido por ela, ao abrir os olhos, reclamar por Henriqueta. Bela pediu-lhe numa voz sumida para enviar de imediato um telegrama. Ele aquiesceu. A voz, ao afirmar que ia de imediato tratar do assunto, rasou o timbre de um metal cortante. Estava desapontado, não havia como o negar. Estivera com ela, não pregara olho até de madrugada, sempre atento à febre e a outros sinais. Será que ela não o notara? Por que é que ela vivia sempre no prelúdio de um ataque?

Uns dias mais tarde, Henriqueta chegou a Lisboa com o propósito de cuidar da sua menina. A sua dedicação a Bela jamais vacilaria, no entanto, também gostava de Alberto e, num único relance, com a sua natural intuição, apercebeu-se como aquele matrimônio se deteriorara. A sua primeira reação foi repreendê-los como se fossem crianças.

Apesar da incansável solicitude de Henriqueta, Bela não parecia melhorar, aparentava uma apatia letárgica e uma expressão de arrebatada angústia. A criada pressentia que o fantasma de um bebé mergulhara no seu espírito e que ela não conseguia transpor para palavras a sensação daquele vazio. Henriqueta não podia ressuscitar o bebé morto, mas alertou o marido para o sofrimento silencioso de sua mulher.

Henriqueta aliou-se a Alberto para persuadir Bela a partir para o Algarve. O que fazia falta era uma mudança de ares! De qualquer modo, o ano lectivo estava perdido. Ele confidenciara-lhe que se sentia deslocado em Lisboa. Não conhecia ninguém e não conseguira arranjar trabalho. Se fossem para Olhão, talvez obtivesse um emprego decente com a ajuda de Doroteia, a sua irmã professora. O mar, com o seu cheiro a iodo, emanado das profundas entranhas, poderia fazer milagres pela saúde. Foi a esse argumento que Henriqueta recorreu. Bela deixou-se convencer como uma menina que desesperadamente daria a mão a qualquer estranho com uma aparência fiável. Sentia-se exausta, com a mente cansada, quase a esgotar-se de desespero, não tendo ânimo para protestos.

Manteve-se doente durante largos meses. Viajou para o Algarve ainda com febres baixas que não melhoraram com os bons ares da praia. Parecia encerrada numa longa nostalgia, passando a maior parte do tempo deitada no quarto em que a sua cunhada os hospedara. Pela manhã, abria os olhos para se entregar à visão de uma luz morta. Emagrecera e refugiara-se num silêncio distante. Quando falavam com ela os lábios entreabriam-se penosamente, não se mostrando receptiva a nenhuma conversa. Tudo nela era inércia e frouxidão, como se quisesse render-se à morte. Consultaram vários médicos. Um deles diagnosticou-lhe uma maleita de pulmões, uma infecção provocada pelo aborto espontâneo.

À noite, Alberto levava-lhe o jantar ao quarto e notava que ela se mantinha na mesma posição, o rosto enterrado nas almofadas, o espírito alheado. Imaginara vários recomeços, em vez disso, a atitude dela voltava a somar distanciamentos. Perguntava amiúde se ela lhe teria perdoado aquela manhã em que abortara e dessa dúvida retirava exasperação. Bela optava quase sempre por não responder, mantendo um silêncio persistente, o que era uma forma subtil de lhe dizer que o condenava. Às vezes, recusava-se a comer e ele impacientava-se. Parecia que o espírito da sua mulher, habitualmente tão ágil, se tornara um bloco compacto de pedra.

A poesia resgatou-a mais uma vez. Uma carta do tal amigo do pai, Raul Proença, com críticas favoráveis aos seus poemas, trouxe-lhe ânimo e esperança. Bela começou a sair do quarto, a ir à praia, a escrever de novo. Estranhamente, em sentido inverso, Alberto pareceu mais triste ao ver Bela melhorar. Como se a vida dela só pudesse ser inspirada pela criação, desprezando o marido e os esforço que por ela fizera. A sua mulher só escutava sons poéticos, ligando muito menos às suas palavras. Sentia-se mortificado por aquele amor em declínio, como se estivesse a descer uma ladeira íngreme que não ia dar a lado nenhum. Tinha de assumir alguma autoridade, talvez o problema residisse aí, talvez o seu sogro tivesse razão.

Com o decorrer do Verão, Bela esforçou-se por recuperar a beleza das metáforas escrevendo mais versos e ignorando as tentativas do marido para se reaproximar. Às vezes, iam juntos à praia, mas o silêncio entre eles era um nevoeiro. Os meses foram deslizando, até que em Setembro, Bela surpreendeu o marido, afirmando que chegara a altura de regressarem a Lisboa. Alberto ouviu-a explanar sobre a vida a que aspirava, acreditando que a sua mulher estava a ser acometida por uma doença da mente. Não mostrava a menor indecisão sobre a forma de saltar para o futuro: iria estudar, com uma licenciatura em Letras seria mais facilmente reconhecida pelos seus pares poetas. As palavras levaram-na até a um lugar fantasioso onde ela seria a voz poética feminina de Portugal.

Desta vez, Bela transcendera-se no plano da fantasia. Alberto não fez nenhum comentário ao épico universo que a sua mulher desenvolvera, mas recusou categoricamente a possibilidade de regressarem a Lisboa, ainda mais quando tinha em vista um emprego estável. Embora estivesse à espera daquela resposta, Bela assegurou furiosa que partiria sozinha.

Bela passou a confrontar-se quase diariamente com o marido, indo buscar razões de litígio sucessivamente mais antigas. Alberto ameaçava-a com o divórcio por abandono do lar, caso ela insistisse em viajar. Ele era o chefe de família, por isso as decisões pertenciam-lhe a si e ela, a mulher, tinha obrigação de as acatar. Em vez de o escutar, Bela agarrava naquelas sentenças para as tomar como alvo de troça, contribuindo ainda mais, como aliás pretendia, para a fúria do marido.

Irritava-a, sobretudo, a forma tortuosa como Alberto a criticava, todas as suas atitudes eram, do ponto de vista dele, sinal de evidente culpabilidade, como se ela não pudesse ter ambições ou vontade própria. Depois de uma discussão mais acesa, tal como anunciara várias vezes, fez as malas às escondidas e partiu para Lisboa.

As meditações de Alberto sobre a sua mulher pareciam ser pensadas por duas cabeças separadas. Uma delas guardava uma imagem de Bela em que esta se perpetuava na continuidade, desde a amiga de infância até à mulher amada. A tentação de a amar não se desvanecera. A sua candura, os receios infantis, o desamparo nos seus olhos muito abertos, tudo o que fizera Alberto adorá-la, não desaparecera com as disputas conjugais. Na outra cabeça circulavam razões incriminatórias e estas eram igualmente intensas, conservando vários rancores. A lista era extensa e incluía as zangas dos tempos de liceu, a sua paixão juvenil por João, muitas atitudes de desprezo e desobediência, a mania de se considerar extraordinária. Essa cabeça continha monstruosos impulsos que combatiam a sua infelicidade com uma fúria dissimulada. Nos últimos tempos, deixara de medir os gestos e as palavras, exigindo não apenas que Bela pusesse de lado os seus planos irrealistas, como se desculpasse com juras de submissão.

Depois de cada disputa, Alberto costumava olhar--se ao espelho, na expectativa de lhe ser devolvido um reflexo suave. Ele, que sempre se orgulhara da sua capacidade para o autodomínio, deparava-se com um rosto agitado, que condizia com o seu explosivo estado de espírito. Mesmo habitando uma atmosfera belicosa, quando tomavam as refeições ou faziam passeios juntos, Bela permanecia como a mulher amada, esse efeito sentimental não fora superado nem tão pouco ele o desejava. Por isso, encarou a partida dela para Lisboa, após uma querela mais violenta, como uma fase passageira, uma trégua necessária. Também ele precisava de ficar sozinho para lamber as próprias feridas, apesar de lhe escrever várias vezes a exigir o seu regresso. Afastar-se dela era necessário para o seu equilíbrio, detestando ver-se no papel de um homem rancoroso e desiludido. Bela respondia-lhe, mas as cartas não traziam palavras de reconciliação, pelo contrário, em vez disso aludiam ao fim do casamento.

A princípio não atribuiu o menor crédito à possibilidade de separação. Acreditou, isso sim, que se tratava de um jogo ardiloso para o forçar a regressar a Lisboa.

As missivas de Bela perturbavam-no. O perfume do papel, a inclinação rebuscada da sua caligrafia miúda e, sobretudo, as passagens em que ela lhe pedia que a poupasse a mais mágoas desencadeavam-lhe uma fúria inexplicável. Deixou passar os meses, como se a passagem do tempo trouxesse só por si a cura.

O tempo possuía uma sabedoria própria. Alberto consolava-se com esta ideia, crença que lhe permitia desviar-se das angústias e manter a fé de que o seu casamento não sofrera nenhum dano afetivo duradoiro. Não ia atrás da sua mulher ausente, mas continuava a acreditar que as fórmulas da felicidade eram muito poucas, quase sempre as mesmas e, para a maior parte das pessoas, passavam pela segurança de um matrimônio. Haveria de chegar a hora em que Bela cairia em si, voltando naturalmente para o marido, bastaria um pequeno revés. Estimulava-o a possibilidade de ela descobrir que aquele seu mundo profundamente idílico não passava de um engano e essa vacuidade permitir-lhe-ia distinguir os seus próprios erros.

Alberto nunca esclareceu para si próprio os motivos de ter deixado passar mais de um ano. Justificou-se com as circunstâncias da vida e o tempo que demorou a conseguir uma posição no Banco Nacional Ultramarino de Portimão. Evidentemente, os esforços que envidou para melhorar a sua situação profissional incluíam a sua mulher. Quando por fim assegurou o cargo de gerente, dispôs-se a viajar até Lisboa para recuperar Bela, que entretanto deveria ter terminado o terceiro ano de Direito. Só não partiu, porque recebeu uma carta de um amigo, Pedro Brandão.

Leu e releu essa carta quando chegou do trabalho. Na primeira leitura, os seus olhos galoparam sobre as letras a uma estonteante velocidade. Os olhos esbarravam contra as palavras como moscas atordoadas a zumbirem de encontro a vidraças sujas. Dirigiu-se à praia para refletir sobre o conteúdo da missiva. Deveria acreditar nas palavras do seu amigo? Tratava-se de um daqueles homens cujo espírito de indignação e rigidez moral superavam às vezes os requisitos de um pensamento equilibrado. As suspeitas enunciadas sobre Bela haviam, segundo ele, sido confirmadas por várias testemunhas, algumas das quais Alberto conhecia de nome. Os factos resumiam-se em poucas linhas, apesar de a carta se estender por cinco páginas. A sua mulher vivia amancebada com um alferes da Guarda Republicana desde há uns meses. Pedro Brandão não se coibia de insultar Bela, impropérios perfeitamente ajustados tendo em conta a ignomínia do seu comportamento.

Não havia vivalma na praia, apenas um bando de gaivotas, emitindo os sons inexpressivos da sua espécie. Alberto abandonou-se à contemplação das ondas. O mar estava calmo, as ondas salpicavam a areia com uma espuma uniforme. A serenidade do mar não auspiciava tempestades terríveis nem marés cheias transbordantes. A explosão de uma enorme vaga, capaz de arrasar tudo à sua passagem, era tão inconcebível quanto o que acabara de ler. Curiosamente, o seu espírito acompanhava o vaivém do mar, sem sofrer os desvios de uma tentação homicida. Sentia-se surpreendido com a sua reação amena, quando o mais natural seria emergir do seu interior um qualquer impulso com a voracidade da destruição.

Percebeu que Bela não voltaria ao seu convívio, o que lhe trazia dor, mas também alívio. Não era só por não ter talento para comportamentos dramáticos que não ia ter com ela a Lisboa, mas também pela noção de que Bela era uma mulher de espírito artístico e com aspirações que os conduziriam a sucessivos atritos. Na realidade, a sua esposa era uma pessoa continuamente em busca de ficções que a definissem e para isso recorria aos versos. O fenômeno das emoções nunca se explica por inteiro, concluiu para si próprio, sem acreditar completamente na sua interpretação nem tão pouco duvidar dela.

Cuidou das burocracias do divórcio com a seriedade de um cavalheiro. Tratou com zelo as matérias susceptíveis de arruinar a reputação de Bela ou de dar origem a juízos grosseiros. Faria de tudo ao seu alcance para a proteger de sofrimentos desnecessários, sem querer saber de traições e deslealdades. Propôs que o divórcio fosse tratado rapidamente e que ele e não ela — sublinhando este facto várias vezes na carta que lhe enviou — surgisse como acusado. Sugeriu mesmo que ela o denunciasse por abandono do lar, apenas colocando como condição nunca mais a ver.

Se essa exigência fora sua, porque é que se passeara por Évora durante dois dias? Porque é que se arrastara em caminhadas desgastantes sempre com esperança de a ver surgir numa das ruas da cidade? Expectativa absurda! Bela vivia agora no Porto.

Fez o percurso da pensão até ao cartório em meia hora, tal como o informara o porteiro no primeiro dia. Assinava o divórcio e o futuro no mesmo documento, pondo-se a salvo das exigências de Bela. Porém, continuaria a amá-la, com todas as prerrogativas do amor.

Interlúdio 5

Algures no tempo das charnecas em flor, quando era apenas uma menina, ainda possuía o pleno poder do amor. Desde então, esse poder foi definhando. "Não quero morrer, une o teu olhar ao meu e fixa-me à vida com o teu amor", pedi repetidas vezes aos homens com quem casei. Nunca fui atendida pelos meus maridos. À medida que a força do meu amor ia morrendo, condenava-me à sua morte. Casei três vezes, porém, nenhum dos meus casamentos me trouxe o amor prometido, nenhum acendeu clarões de eternidade, a voz da paixão foi sempre demasiado breve.

Vagos contornos de um rosto amado apareciam-me às vezes em sonhos, no entanto, depois de despertar não reconhecia essa face em ninguém. Pelo menos, enquanto dormia, o meu espírito infiltrava-se no espaço do amor, sobrevoando uma paz infindável e persistente. Nada disso aconteceu nos meus relacionamentos, onde o meu coração exposto foi tantas vezes ferido.

O meu primeiro casamento foi um matrimônio de resignação, mas não nos é possível conformarmo-nos com a mediania dos afetos aos dezoito anos. Tive uma grande necessidade de ser protegida depois do meu desgosto amoroso com o João, daí o meu enlace com o Alberto. Ao casar-me, condenei-me àquela solidão que extingue as emoções exuberantes e nos lança na insanidade dos sentidos. O meu marido achava-se na obrigação de olhar por mim, não para mim. Tratava--me como se fosse uma filha que lhe devia prestar contas. A sua solicitude em satisfazer alguns dos meus desejos mais pueris, a sua atenção aos meus anseios familiares, constituía uma forma enganadora de reduzir as outras ambições a um capricho insidioso. Essas atitudes constituíram para mim o pior dos abandonos. Sobretudo, porque o Alberto fazia corresponder a minha alma poética a uma loucura muito forte, ainda que inocente. Durante anos, insistiu na ladainha da escravidão doméstica, repetindo as suas razões, as quais, do seu ponto de vista, coincidiam com as do bom senso, repisando-as como uma estrofe desafinada. De cada vez que eu ousava, ele retinha-me numa espécie de grade. Eram as ousadias literárias e a minha ambição de ir para Lisboa, que ele mais censurava. Fazia-o recorrendo a palavras que eram uma lâmina afiada, pronta para retalhar a minha ambição poética.

Esforcei-me por me adaptar ao acanhamento do amor, durante seis anos procurei ajustar-me. Deambulava por uma vida esvaziada, na qual as minhas inclinações mais verdadeiras iam desistindo da sua pulsação. Não me posso acusar de não ter tentado, apesar dos esforços de renúncia não serem particularmente admiráveis. Alberto agarrava-me com ambas as mãos a uma amizade de infância que, apesar de tudo, não desejava desmerecer. Muitas manhãs, ao acordar, sentia-me doente como se o meu corpo recusasse viver naquele batimento regular e insípido. A minha mente explodia, invadindo com os seus humores instáveis os cenários e as casas que habitamos. Socorria-me de poemas, redigia-os para suportar as minhas mágoas, mas mesmo depois de os escrever continuava a ouvir aquele silêncio que se sente depois de uma melodia vibrante se separar do instrumento que a tocou. A tristeza não me dava tréguas, sobretudo quando o meu marido me apontava o abandono da poesia como remédio para os nossos desentendimentos. No fundo, era isso que não lhe perdoava: a sua cegueira face às minhas necessidades artísticas, a sua incompreensão de como essa voz poética era sagrada para mim.

O Alberto só conhecia do amor o deleite dos instintos e dos pormenores grosseiros do acasalamento. Ele dormia comigo como se o meu corpo não tivesse direito aos seus sonhos e desejos. O meu filho morto marcou o nosso rompimento. Não lhe perdoei que nos abandonasse à morte. Não havia desejado aquele bebé, mas o aborto espontâneo continuou a sangrar no meu corpo por muito tempo, sem que eu soubesse dizer de onde vinha tanto sangue. O sofrimento decorrente não cabia nas outras experiências que já vivera; surpreendeu-me aquela sensação de perda dolorosamente diferente. O bebé morto não deixara uma recordação a que me pudesse agarrar, não existira para ninguém a não ser para mim numa dor física. Depois disso, passei a detestar o abraço gelado do meu marido, o contacto físico com o Alberto provocava-me nojo e repugnância. Nunca lhe quis mal, mas desejei intensamente partir. Talvez ele tivesse razão quando me acusava de estar sempre a inventar um destino alternativo.

Nunca mais vi o Alberto. Da mesma forma que uma ave conhece o voo sem precisar de memória para o percurso, também eu sabia que o meu primeiro marido não era o meu amor. Não fugi para Lisboa em busca de um novo casamento, fui sim, atrás de um sonho poético. Transcendia-me na arte da escrita para me revelar em diversos estados emocionais, desde os mais iluminados aos mais melancólicos. A autenticidade dramática dos meus versos era também um fingimento. De qualquer modo, a obstinação amorosa, reservava-a para a poesia; no quotidiano entretinha-me com convívios frívolos e mundanos. O contacto com as mulheres era fácil, dando origem a subtis cumplicidades. As relações com os homens, mesmo as mais banais, não eram semelhantes. Talvez fossem eles a minha verdadeira inspiração. Entre a ponta dos dedos e o papel fluía uma torrente viva, com uma origem tão misteriosa quanto a incandescência da eletricidade. Cada página em branco abria-se para nelas derramar rimas, nas quais apelava a um amor que me restituísse uma alma resplandecente.

Nesse ano em que vivi na casa do Senhor Damião em Lisboa, fui livre como nunca antes o fora. Era assídua nas aulas da faculdade, escrevia muito e sobretudo era senhora das minhas escolhas. Sentia uma dor esperançosa e a esperança protegia-me. Experimentava essas expectativas nos versos, pois a linguagem define, formula, descreve, mas também constrói e salva. E a poesia era a minha salvação. Acreditava na beleza das palavras e quando estas vinham bater-me à porta com novas visões, haviam geralmente atravessado uma estreita passagem que me conduzia à exatidão das metáforas e ao rigor das rimas.

Partilhava os temas da minha arte com alguns conhecidos. O meu colega de faculdade Américo Durão, também ele um poeta, era um dos meus confidentes mais assíduos. Explicava-lhe que os meus poemas eram viagens e, mesmo tendo por vezes falsas partidas, relatavam uma vontade de navegar além de mim. Escrevia incitada pela dor e a escrita transportava-me a uma sensação em que a mágoa não deixava de existir, mas transformava-se numa corrente suave, porventura, num lago.

Tive a certeza de que a poesia era a única coisa que me importava quando o Raul Proença publicou o Livro de Mágoas. Certa manhã, o Senhor Damião entregou-me o correio e eu desembrulhei um exemplar do meu primeiro livro impresso. Tinha alterado o uso das palavras para as modelar com a matéria de que se compõe os sonhos e aquele livro constituía a prova. Era reconhecida como poeta e esse reconhecimento triunfava sobre os desgostos e mágoas, exercia acalmia sobre todas as turbulências da alma. Foi um orgulho, uma febre que não cessava de aumentar depois de ter lido uma crítica num jornal

Trata-se de uma poetiza. E é uma poetiza porque vive dentro dos seus versos. Não a conhecemos mas lendo o seu livro, lemos a sua alma, desvendamos o mystério que a agita.

Exultei, com aquelas palavras havia-me deslocado além da solidão e atingido um patamar onde as pessoas finalmente me contemplavam, quem sabe, em cima de um altar.

Mais ou menos por essa altura, recordo ter escrito uma carta a um amigo, na qual afirmava que fora incentivada a publicar pelo meu pai. Acrescentava que não considerava os meus versos merecedores de semelhante distinção. Eras falsa, Bela! Como um sonâmbulo que receia debruçar-se sobre a sua doença, evitava sobressair pela ambição. Gostava de pensar em mim como um ser excepcional, capaz de me exprimir na linguagem dos corações acossados, porém as dúvidas sobre o meu gênio eram muitas. A necessidade de ser aplaudida era uma fraqueza, um apelo desesperado para ser amada. Esperei ansiosamente por outras críticas. O livro esgotou-se em poucos meses, mas nunca mais ninguém se referiu a mim num jornal.

Havia-me apaixonado na Figueira da Foz pelo João. O desprezo a que ele me votara ainda gerava em mim memórias inflamadas. Das lembranças desse amor conservei a excitação de um apetite urgente, que nunca foi consumado. Entre a inocência da juventude e a interdição do desejo carnal, ficaram as cautelas, as culpas e as vontades reprimidas.

Nos anos em que estive casada com o Alberto, o prazer nunca teve impulsos ou despertou, incompatibilizado com as formas de amar do meu marido. Cheguei a acreditar que os arrebatamentos amorosos me tinham esquecido, esgotando as forças do seu delírio, no que a mim dizia respeito. Como se o matrimônio e as suas práticas tivessem envelhecido o meu coração. Soube que a minha alma continuava a albergar a emoção repentina de uma paixão quando conheci o António Guimarães, alferes da Guarda Republicana.

Recebera um convite para o casamento da Ema Pereira, colega com quem mantinha uma relação amistosa, mas não muito próxima. O António era um dos convidados. Revelou-se um dançarino exímio, conduzindo o seu par numa espécie de espiral, gerando um êxtase e uma agitação que degradavam o pensamento e a linguagem. Além de ser um cavalheiro bem-parecido, havia nele uma aura de à-vontade e até de irreverência. Fui uma das várias damas com quem ele dançou. Os nossos corpos em movimento mostraram uma cumplicidade que parecia vir de longe. Não trocamos mais de duas palavras, mas a sua voz e o seu rosto ficaram gravados no meu espírito. No entanto, durante um mês, não pensei nele, esqueci-o naquele espaço vazio onde os sonhos se perdem da realidade.

No Carnaval, fui convidada pela Ema para um baile. O António voltou a estar presente. Não sei explicar o desassombro das minhas atitudes nessa noite. Com o rosto oculto por uma mascarilha, abordei-o com uma ousadia que, à distância, só posso designar de voluptuosa. No momento em que cheguei a casa da Ema, fui sujeita a um estranho fenômeno óptico, pensando reconhecê-lo em várias figuras masculinas. Este efeito ilusório seria passível de ser explicado pela rápida transição da obscuridade da noite para o brilho ofuscante dos candelabros aquando da minha entrada no salão. O António chegou mais tarde e envergava a sua farda de oficial, qual fantasma evocado pelo meu desejo. Reconheci-o de imediato e a minha boca abriu-se num sorriso. Tive de esperar que me convidasse para uma dança, não parecia bem nem seria adequado que me dirigisse a ele. A paciência nunca foi a virtude que possuía em maior abundância, mas fui capaz de manter uma aparência sóbria até ele me vir buscar. Não tinha deixado de notar, no entanto, que, enquanto dançou com outras jovens, ia virando a sua bela cabeça na minha direção.

Dançamos toda a noite. Ele convidava uma ou outra dama e depois vinha ter comigo de novo. Ao observá-lo caí nas malhas da ilusão, transformando aquele homem no objecto de uma inabalável paixão. Às vezes, enquanto o via rodopiar, pronunciava o seu nome, inventando uma longa litania que mais parecia uma fervorosa oração a um deus.

Quase de madrugada saímos juntos e ele sugeriu que apanhássemos a mesma tipoia. A conversa revelou-se mundana, incindindo sobre os outros convidados. Sentia-me como se estivéssemos a adiar um segredo relativamente ao nosso futuro. A certa altura, confessei-lhe que era poeta, tendo mesmo um livro publicado. Recordo, para meu embaraço, que declamei poemas de amor de minha autoria. Plagiei-me a mim própria, pois recorria aos meus versos como uma predadora de palavras de amor que soavam no meu coração.

O António sugeriu ao cocheiro que nos levasse a Belém. O sol nascia, salpicando o horizonte com ondas de luz sobre o Tejo. Caminhamos juntos ao longo do rio e uma súbita facilidade em seguir o pendor dos meus lábios tomou conta dos seus lábios. Quando o amanhecer começou a transportar a noite para um azul claríssimo, já havíamos imitado as juras de amor dos amantes enlouquecidos.

De olhos fixos um no outro, seguros de que nunca mais os usaríamos para vislumbrar o mundo, estávamos prontos para sermos consumidos pela entrega. Os braços fortes do António em redor do meu corpo esticavam-me como uma trepadeira e o meu espírito foi-se preenchendo com verbos de paixão. Como é que eu poderia adivinhar que aquele sonho iria ruir e espalhar-se pelos cenários de um pesadelo? Em criança, quando ia à praia, gostava de mergulhar. A água causava-me uma sensação de derrapagem. O fascínio pela profundidade fazia-me acelerar os movimentos até que os meus pulmões atingiam um estado de pânico ofegante. O meu segundo casamento é a história de um mergulho nas ondas esverdeadas de um mar traiçoeiro. Apesar dos obstáculos — o António tinha uma namorada e eu era casada —, o desenrolar dos acontecimentos foi rápido e excessivo. Em menos de um mês, estávamos a viver juntos no seu apartamento na Baixa.

A minha paixão pelo António fez com que me entregasse a todo o gênero de planos para conseguir o divórcio. Parecia-me que nunca me fora atribuída a última palavra em relação às escolhas da minha vida e a crise do meu casamento veio precipitar a minha determinação em ser livre. Como se rasgasse violentamente o véu da vergonha com que a minha própria família me encobrira por causa da minha condição de bastarda. Ironicamente, o meu pai, a Henriqueta, a madrinha, a Ema, todos os que me viraram as costas por estar amantizada com um homem, tiveram razão quanto aos desgostos que vim a sofrer.

O Apeles foi a primeira pessoa com quem partilhei a minha decisão. Fez-me uma visita em Lisboa e marcamos encontro na Brasileira. O seu rosto manteve-se fechado enquanto me escutava. Mal me calei, fitou-me com ar pensativo, assinalando numa voz sumida que eu era uma mulher casada. Estava ciente da expressão suplicante que o meu rosto adotou para que não me condenasse. Fiquei a aguardar em silêncio uma sentença pouco abonatória, mas o meu querido irmão desejou-se apenas boa-sorte.

O senhor Damião deve ter escrito ao meu pai, informando-o de que já não vivia lá em casa. Quando fui buscar as últimas roupas, entregou-me uma carta. O meu pai exigia que me deslocasse a Vila Viçosa para explicar a minha situação, apontando-me as despesas com os meus estudos e o pouco proveito que fazia dos seus sacrifícios.

Duas foram as vezes que o António me fixou nos olhos antes de eu partir, duas foram as vezes que me beijou antes de um carro de praça me conduzir à estação. Aquele olhar com clarões de amor, espicaçou o meu espírito de luta.

Fui recebida em casa com alguma frieza, apesar de ninguém na minha família — excepto o Apeles — ter conhecimento do meu amante. Os meus comportamentos, mormente a saída da casa do Sr. Damião que havia sido tão bom para mim e o meu afastamento do Alberto, foram interpretados pelo pai e pela madrinha como evidências da minha habitual impulsividade e insensatez.

A madrinha estava doente, ainda assim não perdera a loquacidade de falar comigo em diversos tons depreciativos. A *Loira* não suportava a ideia de me ver transformada numa mulher leviana e não atribuía valor a estudos ou a livros de poesia. Uma separação na família era do seu ponto de vista uma perspectiva hedionda e intolerável. Evidentemente que não pensava na minha felicidade quando insistia que regressasse ao Algarve para junto do meu marido, antes procurava evitar mais embaraços, não tendo forças para continuar a esconder do mundo exterior as humilhações sofridas ao longo da vida.

O meu pai foi mais reservado nas críticas, mas não conseguiu ocultar a sua apreensão com os gastos, sobretudo tendo em conta que o Alberto havia deixado de contribuir para os meus estudos. As recriminações que me fazia eram de ordem moderada, mas não deixou de me fixar com um olhar gelado, durante o jantar, rebatendo, num tom de advertência, que era obrigação da mulher acompanhar o marido em todas as circunstâncias. Tanto o pai como a madrinha culpavam o meu carácter mundano e a minha tendência para a fantasia. Era tristemente notória a minha ausência de consciência em relação aos deveres de uma esposa.

A pressão que fui sujeita durante semanas fez aumentar a minha indecisão em relação ao divórcio. Pedi mais provas ao António. Escrevi uma carta, solicitando-lhe que esclarecesse se as suas palavras de amor eram sérias ou se revelavam tão só uma temporária simpatia libidinosa. A resposta chegou uma semana mais tarde. Uma felicidade inebriante fez vacilar as minhas pernas ao ler a veemência das suas declarações apaixonadas. Depois, sem que nada o fizesse prever, senti a súbita aceleração do coração e um terror sem nome tomou por instantes conta do meu espírito. Como se eu integrasse um poema e dentro dele pudesse arder na luz. A poesia voltou para mim em força como reflexo das expressões mais extremadas de amor. Com facilidade, a colisão de sentimentos antagônicos criava rimas, gerava versos, mas às vezes as suas metáforas revelavam dúvidas antes imperceptíveis. Recordo-me de reler um dos meus poemas — "e este amor que assim me vai fugindo/é igual a outro amor que vai surgindo" — e este me surpreender. As palavras eram minhas, fora eu quem as escrevera, porém podiam não ser, pois não coincidiam com a exaltação do amor, num momento em que experimentava sentimentos tão transbordantes. Suponho que o título provisório do livro que começara a escrever, Claustro de Quimera, abria a possibilidade de a paixão ser uma vivência imaginária. Essa interpretação podia ser apenas teórica ou revelar duas ou três situações insignificantes com o António que me desagradaram e que me deviam ter servido de aviso.

Tudo se precipitou de novo quando o meu amante foi destacado para o regimento de artilharia no Porto, tendo direito a instalações próprias no Castelo da Foz. Escreveu-me uma nova carta, convidando-me a ir viver com ele até o meu divórcio ser decretado. No mesmo dia, informei o meu pai e a madrinha que teria de viajar de imediato para Lisboa. Aludi à possibilidade de um novo livro, à necessidade imperiosa da minha presença para assinar um contrato. Tinha noção do conjunto de falsidades que acabara de proferir, mas, naquele momento as mentiras eram apenas nuances necessárias à minha libertação. Ambos ficaram surpreendidos com a intensidade do meu discurso e a urgência pretendida, mas o meu pai gostara de ler notícias sobre a sua filha no jornal aquando do anterior livro e não levantou obstáculos, dando-me mais dinheiro do que estava à espera. Quando me despedi, não imaginava que só os voltaria a ver depois de me casar com o António Guimarães.

No dia em que me instalei no Porto e arrumei os meus vestidos no roupeiro, li versos sobre o nosso amor ao António. Ele fingiu vagamente ter prestado atenção, a minha poesia merecia-lhe apenas comentários vagos e algo enfastiados. Os beijos do meu amante geravam em mim uma espécie de milagre que fazia desaparecer os sulcos de tristeza à volta dos meus lábios. O seu toque provocava um desejo erótico que me transportava para um espaço onírico ainda mais amplo. Ele conhecia a linguagem do corpo como nenhum outro, mas as outras linguagens eram-lhe estranhas e não ecoavam dentro de si.

Os versos de António Nobre haviam-me ensinado a ler a grandeza no coração do amor, mas não no coração dos homens. As piores ilusões provêm dos desejos grandíloquos de um espírito empobrecido. Não consigo distinguir se me refiro a mim ou ao meu segundo marido com esta frase. Apenas sei que o amei profundamente e depois, em pouco meses, tudo na minha alma foi ficando espalhado entre o salto e a queda. Não lhe perdoo que o sonho tenha dado origem a tantas pequenas mortes.

A grande morte, a maior e até mais triste do que a verdadeira, revela-se, por mágoas acumuladas, no fim trágico de um grande amor. O meu primeiro desentendimento com o António aconteceu quando fui expulsa pelo seu comandante da casa do regimento no Porto, por viver amancebada. Nessa tarde, não houve abraços nem beijos, mas gritos ferozes, acusações e vexames. Ele abanou-me pelos ombros, vociferando sobre as humilhações sofridas na carreira militar por minha causa. Nada me preparara para aquela atitude violenta, mas a minha reação de alarme foi apaziguada pelos seus pedidos de desculpas. De seguida, fizemos amor como se o tempo se conservasse para sempre nos nossos corpos. Nessa e em outras ocasiões, acreditei que o perdão poderia resgatar o amor com a mesma intensidade com que um verso varre as folhas mortas e reinventa a Primavera.

Fazer vir os acontecimentos do passado continua a ser doloroso. As cenas, discussões e recriminações multiplicaram-se ainda mais depois do casamento. Eu perdoei-lhe uma e outra vez, recriando para a nossa relação dias mais puros, mas a partir de certa altura passou a ser impossível desviar-me das palavras como se fossem meros sopros. De início, as recriminações do meu segundo marido eram cautelosas, obedecendo a uma lógica retorcida quando, por algum motivo, não concordava com ele. O sussurro de uma suspeita indelével que me punha triste, uma insinuação sobre o meu carácter ou reputação, algo que ouvira dizer, afirmações que nem sequer eram dele. Pouco a pouco, o António começou a subir o tom das acusações. Palavras duras, rugidos de ciúmes, gritos de fúria começaram a surgir nos seus lábios por motivos sucessivamente mais triviais. Eu era uma mulher usada, em segunda mão, seduzia os homens com os artifícios perversos das pegas e, se não tinha amantes, sonhava com eles quando escrevia poemas. Tanto assim era que a minha própria família me renegara. Esta última afirmação magoava-me particularmente e pressentia a maldosa satisfação do meu marido ao proferi-la, esquecendo que o repúdio do meu pai se devia à escolha que fizera por ele.

Em certo sentido o que me aconteceu no meu casamento continuou a acontecer-me durante bastante tempo; mesmo depois de separar-me, vivi um longo período de estremecimento interior. O desprezo do António pelos meus poemas, as injúrias sobre o bom nome da minha família — bastante ampliadas quando o meu pai se separou da madrinha para ir viver com Henriqueta —, os gracejos sobre a carreira naval do meu irmão, a troça pública sobre as minhas aspirações poéticas, a zombaria sobre as minhas lágrimas patéticas, a minhas suposta aparência de mártir, todos esses golpes criaram em mim uma espécie de lesão afetiva que nunca desapareceu. Na rua, nas festas, nos jantares, o meu marido beneficiava da reputação de um cavalheiro, gozando do apreço dos seus amigos. A máscara confundira-se com o homem, só eu distinguia as duas identidades.

A pior e mais dolorosa memória aconteceu na tarde em que soube que o meu segundo livro, que acabara por se intitular Livro de Soror Saudade em vez de Claustro das Quimeras havia saído da tipografia. Na época vivíamos em Lisboa, na Rua Josefa d'Óbidos, para onde nos mudáramos depois de o António ter pedido transferência para o Ministério da Guerra. O próprio editor, Francisco Lage, fizera a gentileza de me vir entregar o primeiro exemplar em mãos. Aquele livro era um prolongamento da minha pessoa, descrevendo sensações de tristeza e abandono que, não sendo reais, representavam a minha realidade. Era surpreendente como as minhas verdades mais íntimas pertenciam a um objecto literário, muito mais do que a um amor.

Servi um chá ao Francisco Lage. Conversamos sobre as suas perspectivas em relação à publicação, agradando-me o seu entusiasmo sobre as possibilidades de sucesso. Mal o editor saiu, comecei a ler atentamente e a angústia invadiu-me: as provas tinham sido adulteradas, os versos foram impressos com gralhas grosseiras. Não me podia conformar com aquele emaranhado de palavras que me condenava à mediocridade. Três horas depois, o António entrou em casa e encontrou-me a chorar. Não se interessou pelas razões do meu abalo. A sua preocupação foi o jantar. O que é que a criada havia preparado para a ceia? Não soube dizer o que me pareceu mais estranho, se o meu marido ou a questão em si. Quem era aquele homem? Como é que tinha casado com ele? Olhei-o com a mesma suspeita com que às vezes duvidamos da solidez dos objetos que nos são familiares. De seguida, explodi: Quem é que ele pensava que eu era para dispor de mim como uma criada? Eu era uma poeta e não uma das pegas ordinárias com que ele se entretinha nas suas noites de cartas.

Insurgi-me, contando apenas com a minha força de vontade. Revoltei-me, dignando-me a discutir com ele. O António não replicou, ouviu-me gritar e não respondeu, parecendo estar em estado de choque, verdadeiramente siderado. Talvez por isso, foi inesperado o barulho de uma jarra de vidro a estilhaçar-se, atirada por ele contra a parede. Depois, aproximou-se de mim e esbofeteou-me. Levantei os braços para me proteger, mas a dor não se fez sentir; a humilhação foi mais forte, atirando-me para a loucura. Tentei ripostar, desatei aos murros. António, de olhos esgazeados e a boca a espumar, agarrou-me as duas mãos. Ao mesmo tempo, tentou levantar a minha saia como se a sua fúria exigisse a mais abjeta das submissões. Empurrou-me para cima da mesa e todos os objetos caíram, fazendo-se ouvir como uma cascata ruidosa.

Talvez o meu marido não tenha suportado o ruído da derrocada, tendo-me libertado de imediato.

Fugi dele, mas ao virar a cabeça, julguei detectar no seu semblante o brilho de uma secreta satisfação perante o espetáculo da minha desdita. Só recuperei o fôlego depois de trancar à chave a porta do meu quarto. Permaneci deitada na cama, fixando o tecto como se admirasse sombras a dançar à volta de labaredas destruidoras. De vez em quando suspirava, parecendo uma criança envelhecida ansiosamente à espera de consolo.

A minha mente perdeu-se, uma névoa caiu-me sobre a memória para a impedir de nomear mais incidentes. As discussões e bofetadas aconteceram várias vezes. Depois, o António chegava-se a mim com uns lábios amorosos ou simplesmente esperava que o meu amuo desaparecesse à medida que as manchas escuras das lágrimas aclaravam. Atribuía-me as culpas da discussão por não compreender quanto ele me amava. Só queria fazer de mim uma mulher igual às outras, salvar-me das más-línguas. Enfim, fazer-me feliz. Nessa noite, dormia comigo, subtraindo-me às mágoas, dando-me prazer. Então, o António admirava-se por nos ajustarmos tão bem um ao outro, como se tivéssemos sido nós a inventar o amor, procurando mitigar o efeito da brusquidão das anteriores palavras. E eu voltava a fazer *naperons* de crochê para lhe demonstrar que era uma esposa comum.

Para suportar as oscilações do meu marido, revesti-me de uma pele mundana. Proferia piadas frívolas, de uma alegria adequada aos humores e interesses do António. Por exemplo, partilhei o seu entusiasmo pela travessia aérea de Gago Coutinho e Sacadura Cabral, apesar do glorioso feito me ser profundamente indiferente. Não me foi difícil fingir cumplicidade com a sua satisfação, até porque os heróis, tal como o Apeles, pertenciam à Marinha de Guerra. Em outras circunstâncias, custava-me mais fingir o modelo de mulher que ele gostaria de ter a seu lado. Ostentava os artifícios de uma atriz, sorrindo muitas vezes, mesmo que a expressão dos meus lábios mostrasse vestígios de um sorriso falso. Apesar de tantos desencontros, nunca deixei de tentar que o António não adormecesse quando lhe lia os meus poemas. No espaço de um verso assentava os pés para lhe mostrar a mulher verdadeira ao alcance das suas mãos, mas a poesia não lhe trazia revelações. Se ele tomasse atenção à forma como as palavras faziam soar delicadamente a minha autenticidade, talvez me visse, no entanto, da linguagem poética, o António só extraía sons ocos.

De tanto me esforçar por ser outra, fui ficando apenas com despojos de mim. Continuava a escrever poemas e até alguns contos como quem vai redigindo cartas sem destinatário. A minha voz secreta ciciava entre o sofrimento e o tédio, desejando recuperar aquela parte da vida que me estava interdita desde que me casara.

Novos episódios violentos, desencadeados por uma carência crônica de dinheiro, sucederam-se. À medida que os anos passavam, o brilho que antes iluminava o meu semblante quando o António chegava a casa, desvaneceu-se. Restavam-me as quimeras em verso, registadas às escondidas no meu caderno. Escrevia cada vez mais enquanto o meu marido estava no trabalho. O espírito de uma emoção fixava-se a outra, atrás de uma palavra vinha outra e o espaço inteiro do papel tornava-se meu aliado. Enlouquecia em idílios poéticos para me compensar da renúncia dos meus próprios sonhos. O meu coração começava a ficar definitivamente despedaçado e eu demasiado vulnerável. As discussões acesas começaram a empurrar-me para um estranho alheamento, no qual nem os fantasmas da dor chegavam em meu socorro. Então tive um novo aborto e aquele bebé morto chorou por mim, um grito aflitivo de expulsão. O filho que não tive salvou-me, o meu corpo sofreu como da vez anterior, mas aquela dor intensa mostrou-me que não podia continuar a viver no meio de tantas tensões.

Com o propósito de recuperar do aborto, e por sugestão do António, viajei para Guimarães, hospedando-me na quinta da minha cunhada. Ainda não tinha em mente pedir o divórcio. Apenas desejava desembarcar num lugar tranquilo em que estivesse a salvo de tantas lutas. O meu cunhado, Manuel, acompanhou-me na viagem. Mais novo e completamente diferente do meu marido, contou-me a história do seu namoro com uma rapariga de Lisboa. A suavidade do seu discurso, em contraste com as atitudes agressivas do António, fez-me sentir como o amor era infinitamente precioso. Nesse instante, decidi que iria abandonar o meu marido. Quaisquer que fossem as consequências só me interessava readquirir a minha liberdade.

A quinta da minha cunhada parecia ter sido instalada sobre um cenário bucólico onde as horas passavam lentamente e a sua passagem era a única nota de registo. Estávamos em Novembro e ficava horas sozinha no quarto, em silencioso retiro. Deixava-me possuir por um estado de alheamento, contemplando a chuva como se tentasse desviar as lágrimas dos meus olhos para o exterior da janela. A parte mais ativa da minha consciência estava noutro lado, aproximando--se dos tempos da infância ou junto ao leito da minha própria morte. Pela primeira vez, abandonei-me ao conforto de intenções suicidas. Eram imagens acolhedoras de quem anseia por acordar numa aurora libertadora, depois de uma temível tempestade ter rasgado o céu. No diálogo com os mortos talvez encontrasse um inesgotável sustento para as forças quebradas do meu coração. A morte falava comigo de promessas de alívio, um vulto ondulante a cantar-me uma canção de embalar ajustada ao sono de um bebé.

O fracasso do meu matrimônio era irreversível. A ideia de um recomeço torturava-me muito mais do que o fim do casamento. Que o resto do mundo pensasse que eu era leviana, uma cabeça oca que ia abandonando sucessivos maridos, pouco me importava. A minha família, que se opusera a esta união, iria, decerto, condenar-me de novo se voltasse a divorciar-me. Tinha amado o António Guimarães, tanto quanto as quimeras que construíra haviam permitido. Às vezes, ainda fechava os olhos e via-me a recuar até a um sítio onde a minha vida se cumpria com ele. Porém, chegado a este ponto, os meus pensamentos retrocediam, porque até a autoflagelação tem limites. Não deixava, no entanto, de ter dúvidas, a minha consciência ainda não era livre. Levantava-me da cama e aproximava-me da janela. Permanecia de tal forma imóvel, que se alguém espreitasse de fora acreditaria que me transformara numa efígie.

A minha cunhada era uma mulher bondosa, mostrando-se preocupada com o meu estado de prostração. Foi ela quem sugeriu que me dirigisse ao Dr. Mário Lage, que, na época, exercia medicina em Matosinhos. Já antes o havia consultado quando vivia no Porto e o simples facto de ter mencionado a delicadeza dos seus modos fora suficiente para desencadear no António um tropel de fúria. O meu marido e o Dr. Lage eram oficiais no mesmo regimento e o António chegou a pedir-lhe satisfações, o que resultou num pequeno escândalo. Enviei-lhe um dos exemplares do Livro de Soror Saudade, com uma dedicatória pessoal para me desculpar de tão infeliz incidente e ele respondera-me com um cartão cheio de palavras gentis a agradecer.

Segui os conselhos da minha cunhada e fui consultá-lo. Os anos pareciam não ter passado pelo Mário Lage, mantendo a mesma figura elegante num fato de bom corte e os seus modos cavalheirescos. Sentia-me vulnerável e as minhas ações pareciam-se todas com os sintomas de uma doença. Tudo nos gestos e palavras daquele médico demonstrava doses adequadas de delicadeza e charme, algo que não deixava de causar-me um certo bem-estar. A sua voz era hipnótica e o seu eco insinuava a possibilidade de um homem e uma mulher se unirem por laços gentis. Sonhara com uma voz semelhante que pusesse termo às minhas angústias. Ouvi-o referir-se à minha saúde com preocupação, mas essa frase tão singela arrancou de mim a mesma vibração que sentia quando, em criança, escutava o meu pai a chamar-me.

Lisboa, 1925

António Guimarães confirmou o que sempre soube. Bela era uma mulher de carácter duvidoso, a quem talvez acabasse por matar, se ela não o tivesse deixado. O ódio e o orgulho ferido, por ter acontecido o que sempre previra, fulminavam-no. Sabia-a culpada de muitos ludíbrios, ocorrera-lhe amiúde que ela aceitava que lhe fizessem a corte quando ele não estava por perto, mas, apesar dessas suspeitas, a paixão dela era tão premente que nunca imaginara o abandono. A sua amargura provinha da impossibilidade de rubricar o corpo de Bela com uma sova retroativa. A única assinatura permitida realizara-a naquela manhã sobre os papéis do divórcio. Já havia passado ano e meio, tempo mais do que suficiente para a esquecer. Tinha mesmo encontrado uma outra noiva, contudo, o seu ressentimento transformara-se numa espécie de hábito a partir do qual congeminava vinganças e desenvolvia pensamentos primitivos.

Pensava mais na ex-mulher agora do que quando eram casados. Às vezes, chegava a acreditar na ideia de que nunca se apaixonara por Bela, mas por si próprio, através dela. Como se aquele amor tivesse servido para testar a sua sensibilidade a ideais mais elevados. No entanto, detestara viver com ela e com a sua mania de ascender a uma posição superior, de se pôr em evidência quando estavam em público. Pelo menos com Rosa acertara. A sua namorada era uma jovem de candura intacta, que lhe despertava uma afeição protetora. Rosa falava de coisas insignificantes, absolutamente banais, proporcionando-lhe plena confiança de que ela viria a sentir-se feliz perante as miudezas da vida conjugal. Com aquela rapariga, as certezas manter-se-iam presas à solidez de uma vida, onde os baptizados e os funerais seriam os principais imponderáveis. A sua noiva não precisava das iluminações do mundo, bastava-lhe a cintilação do marido. Nessa noite, iria à casa dos pais pedir a sua mão. Podiam marcar o casamento para Setembro. Três meses seriam suficientes para os preparativos da boda. Conseguira adiar por um ano a papelada do divórcio e, se não fosse por Rosa, deixaria passar mais tempo para arruinar ainda mais a reputação de Bela. A palavra prostituta seria a escolhida para tocar de forma persistente os lábios de quem dela falasse. Uma mulher que saía dos braços de um homem para cair nos de outro como quem troca de vestido!

António tirou um cigarro e levou-o aos lábios ainda a tremer de raiva. "Está na hora de mudar de vida", pensou, entrando no restaurante barato onde costumava jantar. Casar e partir, talvez para Timor, este era o seu plano. Agarrou-se a estas congeminações como se fosse uma ordem para impedir o passado de se apoderar de si, era necessário condená-lo à sua passagem irrevogável.

Desejava apenas fixar-se à face infantil da noiva. Havia-a visto chorar quando lhe prometera tratar rapidamente do divórcio. Os seus braços rodearam-na e, castamente, beijara-a na testa. Havia de ter filhos com ela e não pensava em levá-la para a cama antes do matrimônio. Nunca macularia a inocência da rapariga, e os seus desejos repentinos ia satisfazê-los com prostitutas. Teria um casamento feliz. Sonhariam em conjunto com o futuro, preocupar-se-iam com assuntos triviais do quotidiano e envelheceriam juntos, apanhando os tiques um do outro como uma doença. Gestos a que se acostumariam como sinais evidentes da sua longa união.

Trouxeram-lhe carapaus de escabeche e um copo de vinho, sem que tivesse feito qualquer pedido. Era um cliente habitual. O casamento também teria essa vantagem, deixaria de comer aqueles pratos requentados em azeite queimado. Gostava de Rosa, era uma rapariga carinhosa que lhe trazia inequívoca satisfação, pelo que não entendia a sua cisma com Bela. Vinha-lhe à mente o rosto mortificado da ex-mulher e outros fragmentos de lembranças. Às vezes, chegava a tirar da carteira um retrato que trazia consigo às escondidas e tinha vontade de perpetrar um homicídio terno.

Desde jovem que as mulheres eram para António as guardiãs de um mistério. A senha para contrariar o poder feminino era a ilusão. Descobrira-o cedo e esse conhecimento permitira-lhe ter inúmeras aventuras. Tornara-se num virtuoso da mentira, tocando com facilidade melodias de sedução. Obviamente que a farda militar ajudava, mas as suas estratégias eram infalíveis. Tanto as mulheres maduras, cujos olhos tranquilos pareciam não se admirar com nada, como as jovens inocentes à espera da revelação de um segredo, ficavam subjugadas com um simples elogio. Lastimava-as quando elas lhe atribuíam precisamente a qualidade que nunca possuíra, ou seja a sinceridade e, ao mesmo tempo, desprezava-as por isso mesmo. Parecia quase impossível que as suas conquistas só conseguissem reter do que afirmava uma sonoridade cativante e, raramente, pusessem em causa a sua ousadia. Porque é que com Bela fora diferente se ela se mostrara ainda mais sedenta do que as outras? Nem sequer era uma mulher bonita!

Limpou os lábios a um guardanapo. Uma mancha vermelha de vinho alastrou sobre o pano branco, despertando-lhe de novo um vislumbre de Bela. Lembrou-se como ela se apresentara no baile de máscaras com o espírito do sangue. Nunca esquecera como as tonalidades intensas faziam parte dos seus trajes, alastrando depois aos seus atos. Era como se ela vivesse a vida com a ponta de uma faca apontada ao peito. Essa fora a origem do seu logro, caíra que nem um idiota. O descaramento de Bela sugeria o arrebatamento de uma sinceridade absoluta, conduzindo os homens a recriá-la na imaginação, a associá-la a paixões interditas. Era impossível escapar à tentação. A sua figura discreta dissimulava-se sob um manto de sombras para, de súbito, se representar numa versão cheia de luz. O seu fingimento estava à vista: cobria os lábios com a mão de forma a esconder a estridência que lhe espumava pelos cantos da boca, baixava os olhos para que não se descobrisse como estavam carregados de viciosas intenções. Casara com ela num impulso tresloucado, intuindo de imediato que fora manipulado. E, no entanto, mesmo custando admiti-lo, amara-a mais do que à sua noiva.

O relógio da parede marcava sete e um quarto. António dispunha ainda de uma hora para revisitar recordações. Deixou-se estar, remoendo ressentimentos. Alguma vez a sua ex-mulher se dera conta como fora objecto de escárnio por parte dos outros oficiais por causa dela? Era uma adúltera e todos o sabiam. Alguma vez demonstrara gratidão pelas humilhações que passara no quartel, quando foram viver para o Porto? Ela nunca reconhecera nenhum dos seus sacrifícios. Além disso, existia uma série de pormenores do quotidiano que Bela não suportava, a vida doméstica gerava-lhe todo o gênero de aversões. Tantas vezes o levara ao limite da paciência, repetindo o mesmo jantar. Se a criticava, censura perfeitamente legítima, ela fixava-o com perplexidade, como se não reconhecesse a necessidade de raciocínios práticos e muito menos o seu papel no governo da casa, função, aliás, que considerava enfadonha e esgotante. Aquela mulher pensava que podia habitar num pedestal, apenas porque escrevia uma porcaria de uns versos.

Imóvel, com os cotovelos assentes na mesa, António sacudiu a cabeça, procurando afastar obsessões. A fúria que persistia nele e continuava a infernizar a sua vida decorria de um simples facto: Bela ultrapassara-o em decisões que deviam ter sido suas. Era suposto ter sido ele a abandoná-la, depois de lhe dar uma tareia. Fora traído, ela arranjara um amante e fizera dele o cornudo da cidade de quem todos riam e com razão. Cada vez que entrava no seu gabinete no Ministério da Guerra, quase que conseguia escutar os outros oficiais a segredar à sua passagem, imaginava o seu escárnio, os comentários sobre a sua figura de frouxo.

Uma dúvida perseguira António durante mais de um ano, forçando-o a consumir muitas horas em busca de indícios. Essa incerteza era uma maldição: o caso com Mário Lage teria começado antes ou depois de o casamento terminar? Há quanto tempo é que ela o traía? Detinha-se minuciosamente em alguns episódios como um inquisidor da memória que se obstina em extorquir a verdade a um prisioneiro sob a sua custódia. Ao revisitar a cena no regimento com Mário Lage, como fazia com frequência, não extraía grandes evidências, no entanto, acreditava que a relação era antiga, talvez mesmo anterior ao casamento, do período em que tinham vivido no Porto. Não havia ninguém que lhe pudesse transmitir certezas e a pergunta já não podia ser feita de viva voz à própria. Cadela maldita!

Deu uma risadinha gélida e um dos criados do restaurante fixou-o com ar intrigado. Visões de traição explodiam-lhe nas têmporas, espicaçando uma vontade de destruição. A uma imagem seguia-se outra, comprovando as falsidades de carácter da mulher com quem casara. Recordou Bela a regressar de uma consulta com o doutorzinho. Será que mais tarde se começaram a encontrar secretamente em Lisboa? Na última fase do casamento, os seus olhos andavam febris, como que acesos por uma vibração erótica. Sempre atribuíra a umidade daquele olhar às coisas que ela inventava nos seus poemas, aos enigmas da criação. Também sempre o irritara aquela mania doentia de escrever e ainda era suposto que a escutasse e a aplaudisse. Não lhe parecia adequado a uma mulher casada dedicar-se à escrita de versos sobre amores imaginários. A poesia, apesar de tudo, parecia-lhe um mal menor quando comparada com a realidade de um adultério. A sua mente mantinha-se ocupada com as desculpas de Bela para justificar atrasos e repentinas partidas. Doenças súbitas, enxaquecas, visitas ao pai, preocupações com o irmão, um relatório de indefinições que mais não eram do que pretextos para ocultar infidelidades. Às vezes, sentia que só uma morte acalmaria o ódio e reporia uma espécie de equilíbrio.

A impotência de já nada poder fazer continuava a ser um veneno que o deixava permanentemente agitado. O inventário dos seus próprios méritos intensificava a justiça de fantasias sanguinárias. Do que é que Bela se poderia queixar? Batera-lhe uma ou duas vezes. Qual o marido que não o fazia de vez em quando? Passaram algumas dificuldades é certo, mas nunca lhe faltou de comer nem uma criada para a servir. Casara com uma mulher divorciada, assinara de cruz votos que nenhum homem em são juízo honraria.

A mente de António continuava num turbilhão. Bela, ou a sua sombra, ainda atormentava a sua vida por ter feito dele uma presa, quando a sua natureza era a de um predador. Em tudo o resto, a ex-mulher tinha a cabeça fora da realidade, mas para enganar era astuta, representando como nenhuma outra sentimentos frágeis e atitudes de vulnerabilidade. E ele deixara-se ludibriar, mesmo quando todos os seus instintos masculinos o puxavam em sentido contrário. Bela recorrera a artifícios de retórica, construindo álibis indestrutíveis para se fazer passar por vítima. Agarrara-se ao seu papel, mantivera-se firme, com os seus ares de tristeza afetada, para sair do casamento sem mácula. Os seus sonhos homicidas, a morte que planeara quando Bela fora viver para a casa do doutorzinho, nunca passariam de uma obra de ficção. A sua honra ainda exigia vingança, mas a concretizar-se, só o conduziria mais fundo na própria vergonha. Dentro de minutos levantar-se-ia de cabeça erguida para pedir a mão de uma jovem pura, de uma inocência intacta que nunca poria em causa a sua autoridade e o serviria como uma criada amedrontada. Quanto a Bela, mais tarde ou mais cedo os segredos da sua infâmia seriam inscritos numa lápide funerária. Bastava esperar.

Interlúdio 6

A morte do Apeles marcou o momento em que o grito se difundiu e espalhou até aos confins da minha mente, não se deixando interromper por palavras. Os sentidos comuns das coisas entraram num longo túnel de silêncio e, verdadeiramente, até me suicidar, não chegaram a sair. Os acontecimentos anteriores ao acidente de avião do meu irmão ou imediatamente posteriores desvaneceram-se, não deixaram nenhuma anotação na memória, entraram num espaço vazio, no qual ondas de angústia e desespero se propagavam. O sofrimento enterrou-me num caixão a céu aberto no preciso momento em que o meu marido me comunicou a morte do Apeles. Evidentemente, a minha primeira reação foi de descrença, não acreditei: tinha estado com o meu irmão em Lisboa havia apenas dois dias, havíamos combinado uma visita a Matosinhos. O meu marido enunciou várias vezes a história do acidente, porque eu não conseguia perceber quando e como tudo acontecera. Ouvi-o contar repetidas vezes que o Apeles teria tido problemas com o avião, descera do céu e procurara aterrar no Tejo, mas ninguém sabia de facto o que correra mal nem o cadáver havia sido encontrado. As mortes deviam ter um som, ou pelo menos uma imagem associada, e a do meu irmão não tinha nada disso, pelo que a implausibilidade da sua perda manteve-se por largos meses. Uma pálida silhueta, uma versão muito ténue de mim, continuou a evoluir na vida, mas respirando vagamente. Caminhava no interior de uma dor avassaladora, de uma incandescência tão brutal que continuava a iluminar a aparência do fantasma do Apeles no mundo. Não deixara de conversar com o meu irmão, insistia em dizer-lhe que o amava e que ele era a melhor parte de mim. Durante meses, a laceração era a mesma e o desgosto tornou-se numa espécie de escuridão envolta em mais escuridão. Perdi a vontade de falar do mundo ou contra ele. Falar de quê? Para quê? As palavras perderam-se no meu cérebro ferido, transformaram-se em pura obscuridade.

Emagreci muito, o meu corpo definhou e o meu rosto adquiriu um tom de argila seca. Fui-me perdendo da realidade como se a minha vida assumisse uma forma rudimentar descrita por garatujas infantis. Não sabia distinguir o que eram as coisas ou os sinais delas, contemplando-me no reflexo de uma janela, imóvel e indiferente à passagem do tempo. Cada dia não era diferente do seguinte, nenhum acontecimento se destacava. O suicídio tentava-me, mas matar-me seria também matar a memória do meu irmão, porque ninguém se lembraria dele como eu. Fazia reviver o Apeles, narrando-lhe a história do meu casamento com o Mário Lage que ele não conhecera muito bem. Reconstruí-lhe esse passado recente e, assim, imaginava-o sentado a ouvir-me, atento, compreensivo, talvez interiormente condoído. O meu terceiro marido veio a dar-me tantos desgostos quanto os outros.

Quando tentava ir ao fundo das lembranças, falhava. Já nem me recordava muito bem de como acabara casada com o Mário. Depois da morte do meu irmão, os casamentos passaram também a fazer parte das coisas efémeras. Terei visto no doutor um homem de alma delicada ou o depositário de uma nova esperança? Ele assegurou-me que, desde o nosso primeiro encontro no Porto, ensaiara sozinho declarações ajustadas a um amor interdito. Prometeu cuidar de mim, afiançou-me, como anteriormente o Alberto e o António o haviam feito, de que me ajudaria a selar o passado. Persuadiu-me de um futuro e eu iludi-me como as mulheres se iludem quando acreditam em quimeras mais perfeitas do que a realidade.

Ainda não tinha decidido dar um passo definitivo, quando o Mário me convidou a passar o Natal em Esmoriz. A casa era um palacete enorme, rodeado de um jardim repleto de roseiras. Fui muito bem recebida pela família que me levou à missa do galo e me encheu de presentes na ceia. Os pais, o irmão, a cunhada e os sobrinhos, todos me trataram com aquela cortesia que se reserva às amigas mais queridas.

Recordo que um coro infantil cantou no final do ofício. As suas vozes muito finas pareciam conduzir-nos a fragmentos do céu, sugerindo algo de íntimo e ao mesmo tempo divino. À saída da missa, estava frio. Caía uma chuva miudinha que aderia ao ar como uma névoa irreal. Eu e o Mário ficamos para trás. Senti o frio a roçar na pele e a mão dele na minha, enquanto sussurrava: "É consigo, Bela, que desejo passar o resto da minha vida. Daqui a muitos anos, quando formos velhos será a Bela a agarrar a minha mão e a ouvir as minhas confidências de moribundo." A declaração encheu de penumbra os meus olhos. Estranhamente, a evocação da morte enquanto me propunha o seu amor ajudou-me a decidir. Estuguei ainda mais o passo e acenei com a cabeça.

A minha condenação chegou na hora prevista. Tinha casado duas vezes e a possibilidade de um terceiro casamento gerou uma onda de indignação tanto na minha família como na do Mário. Escrevi ao meu pai para lhe explicar as razões da minha separação do António Guimarães, informando-o ainda da decisão de ir viver com o Mário. Esperar-se-ia de um homem acabado de se divorciar de uma mulher muito doente para se casar com outra, uma atitude magnânima, mas a resposta do meu pai foi dura. Li a sua carta banhada em abundantes lágrimas. Renegava-me, considerando os meus motivos de divórcio triviais. Era uma questão de decência e a minha natureza viciosa, em tudo semelhante à da minha mãe, conduzira-me a atitudes estouvadas, para não dizer imorais. Culpa dele que me educara mal, tendo criado uma mulher caprichosa e volúvel. Iria esquecer que tinha uma filha para que as vozes do mundo não lhe lembrassem a todo o momento de quem era pai. Escrevi insistentes cartas, suplicando a sua compreensão. Tornei a explicar as circunstâncias infelizes do meu segundo casamento, sublinhei a tristeza da minha existência. Em outras missivas, pedi à Henriqueta e ao Apeles que intercedessem por mim junto ao meu pai. Ninguém me respondeu. Desenvolvi pensamentos de conspiração, fazendo o carteiro culpado pelo silêncio da minha família, considerando-o capaz de desviar cartas. Sabia, evidentemente, que esta hipótese era pouco plausível, mas preferia-a à ideia de ter sido condenada ao corte de todos os laços. A questão principal, aquela que estava oculta nos recessos da minha consciência e que me causava revolta era a dualidade de critérios. O meu drama resultava de ter nascido mulher, a minha medonha tragédia pessoal e os juízos morais a que estava sujeita deviam-se mais ao meu gênero do que ao meu comportamento.

Assumi a minha relação com o Mário, acreditando numa vida melhor e mais afortunada do que a anterior, mas o amor dissociou-se mais uma vez das circunstâncias. O período em que vivi com a família do Mário não foi pacífico. Eu era suportada com uma relutância embaraçada, bem diferente do caloroso acolhimento inicial. Não que alguém me tratasse mal ou que usasse de rudeza. Antes, parecia que a minha presença suscitava um silêncio súbito, como se existissem palavras rondando furtivamente, à espera de serem proferidas depois de me verem pelas costas.

Durante as refeições, sobretudo ao domingo após a missa, os mais ínfimos acontecimentos de Esmoriz eram portadores de referências específicas à minha figura. Eu andaria na boca do povo e alusões ao falatório eram colocadas em cima da mesa, juntamente com as travessas. A minha vontade era saltar do meu lugar e partir daquela casa. Em vez disso, fixava-me nos poucos cabelos do meu sogro, observava a sua barriga dilatada, obrigando-me a ser superior à maledicência. Ajustava a minha expressão a uma máscara rígida, evitando pronunciar-me sobre o mórbido prazer da minha sogra em farejar esses comentários. Se me queixava ao Mário, ele qualificava os meus lamentos como sinais de uma sensibilidade excessiva. Esforçava-me por acreditar nele, era preferível que o meu noivo tivesse razão a retirar-me para uma existência marginal, vacilando infinitamente à beira do mesmo abismo.

Havia dias que nem saía do meu quarto. Não chorava, consciente de como as minhas lágrimas não sensibilizavam ninguém. A desordem dos meus pensamentos acrescentava mais tristeza aos meus olhos. Deitada na cama, procurava palavras fora da minha voz que convencessem aquela família a gostar de mim; também não encontrara no Mário o espaço de amor e veneração de que necessitava. As lágrimas retidas eram partículas de afogamento que circularam no labirinto do meu cérebro. Deixava uma cascata formar-se com juízos recriminatórios, um coro de acusações: a decepção do meu pai, a rejeição da família do Mário, o meu desgosto de amor com o António, os seus estratagemas sórdidos para adiar o divórcio. Não era capaz de me erguer inteira daquela voragem e a minha alma nadava à tona de sentimentos vulneráveis. Lá fora a vida decorria. Escutava os ruídos da criada a fazer as camas, ouvia os gritos endiabrados dos meus novos sobrinhos. Lá fora existia um espaço amplo que eu não sabia ao certo como habitar. Isso era lá fora, dentro do quarto deixava-me embalar pela penumbra aveludada da morte.

O Mário passava a maior parte do dia fora e muitas vezes regressava tarde. A minha nova cunhada era a única que se esforçava por integrar-me na rotina da casa. Fazia parte daquelas mulheres que reclamam para si a fortuna de instintos maternais e os aplicam a toda a gente. Naturalmente, como se só fosse possível encarar-me sob esse ponto de vista, tomou-me a seu cargo. Dava-me conselhos, orientava-me nos bordados e nas costuras, usando do mesmo tom de voz com que falava às crianças. As nossas conversas enfadonhas, incidindo sobre assuntos profundamente banais, como as doenças dos filhos ou os ingredientes de uma nova receita, acabavam por constituir para mim um consolo. Escutar a minha cunhada a falar de coisas insignificantes transmitia-me uma sensação de tranquilidade, algo parecido a um sentimento de pertença. A presença dela no meu quarto, banhada pela ténue claridade do entardecer, devolvia-me à família.

Por essa altura, comecei a intuir que a minha relação com o Mário incluía um acordo tácito, estranhamente inapreensível. Ele rodeava-me de cuidados que me faziam mergulhar na gratidão. Preocupava-se em me trazer os meus cigarros, comprava-me livros ou pequenas joias quando se deslocava ao Porto, examinava o meu estado de saúde com uma frequência maníaca. Levantava também a mão para silenciar-me, seguindo na minha dianteira, quando se tratava de esclarecer--me sobre a diferença entre a falta de esperança e a insanidade sempre que abordávamos o corte de relações com a minha família. Assegurava-me que os conflitos seriam superados mal nos casássemos, acrescentando que seria uma pena abdicar de toda a alegria por causa de um afastamento temporário. Os seus argumentos faziam-me ponderar. Havia, contudo, algo de bizarro no comportamento do meu futuro marido que me perturbava, como se ele cumprisse comigo um papel secundário. Algo de desfocado, parecendo que ele não se movia nos seus verdadeiros sentimentos, mas numa emoção secundária. O meu desdém ao afirmá-lo decorre de ter descoberto mais tarde o seu segredo e as verdadeiras razões que o levaram a casar--se comigo. O Mário mostrava-se quase sempre solícito, mas de repente a sua boca envelhecia num traço demasiado fino quando me queixava dos seus pais ou proferia qualquer outro lamento. Além disso, o seu contacto comigo era imaterial como o de um anjo. A minha salvação dependia do meu casamento, por isso as minhas suspeitas eram apenas um ténue murmúrio. Enquanto vivi com a família do Mário, raramente escrevi. Apenas alguns contos que deitei prontamente para o lixo. As minhas heroínas demonstravam um espírito altivo e pouca devoção aos deveres domésticos. Sobretudo, exibiam uma glacial indiferença perante as más-línguas e juízos alheios. No entanto, às vezes, não conseguiam evitar que os seus belos olhos ficassem inundados por pesadas lágrimas, concebendo, por isso, a morte como um benefício. Ao contrário de mim, as minhas personagens nunca renunciavam à integridade das suas ambições. Tentava aprender com elas, com essas criaturas ilusórias, para simular um cenário no qual a eloquência do amor persistisse intacta. Também continuava a acreditar na predestinação da glória; o reconhecimento poético mantinha-se à espreita num mapa pré-traçado.

Casei com o Mário um ano mais tarde, depois de o divórcio com o António ter sido decretado. Ele cumpriu escrupulosamente a sua palavra, apesar de os meus sogros tentarem dissuadi-lo até ao último momento. Fiquei emocionada quando a minha cunhada me contou e não permiti que o ressentimento tomasse ascendente sobre uma atitude de reconciliação. Uma vida nova em casa própria ia iniciar-se e não desejava mais contendas nem quezílias de família. Doravante não estava sozinha, mas ligada ao meu marido pelos laços do matrimônio. Os meus dedos ainda conheciam o sítio do coração e, lentamente, sentia as pulsações a recobrar e a engrenagem da morte a imobilizar-se.

Uma casa em Matosinhos forrada a azulejo, com amplas janelas, dois criados, um deles preto, e uma cozinheira, além de um apelido respeitável, fizeram com que as consequências dos meus passos reprováveis fossem esquecidas. "Senhora Lage, como vai? Que prazer em vê-la com tão bom aspecto." Era cumprimentada na rua com o respeito devido à esposa de um médico. A imponência da casa e a condição do meu marido autorizavam o desagravo da minha reputação como se nunca tivesse cometido a menor transgressão ao código vigente para as mulheres. O mundo era como era. Também a minha família me retirou do ostracismo a que me votara e devolveu-me à galeria dos vivos. No dia seguinte ao meu casamento escrevi ao meu pai, informando-o da minha nova situação. Alonguei-me na descrição dos pergaminhos da família do Mário e em pormenores pecuniários. Conquistei facilmente o seu perdão. Voltara a corresponder à imagem de uma filha com quem ele possuía laços de ternura. Ocorreu-me nitidamente a sua expressão, quando, na escola, me acusaram de usar um apelido falso; se o meu pai acoitasse sentimentos verdadeiros em relação a mim nunca me teria deixado crescer como filha bastarda. Porém, o meu horror à mentira não possuía a força de uma necessidade sincera, preferia os pensamentos destruidores dessa ideia de desafeto. Senti-me feliz, imensamente feliz quando o meu pai me escreveu a convidar-nos para a sua casa em Évora. Aceitei de imediato, nunca mencionando os dois anos em que me votara ao desprezo. Transformava-me numa silhueta de sombra apagada, uma criatura privada de substância, quando ele me rejeitava, como se não possuísse outro território de revelação senão o que me vinha da infância. Pouco tempo depois, o meu pai enviou-me um telegrama a comunicar o falecimento da madrinha. Desejei que a compaixão me fizesse chorar, mas os meus olhos permaneceram enxutos. Grandes forças de ressentimento continuavam a abrigar-se no meu coração e, por motivos fúteis, adiara várias vezes uma visita durante a sua prolongada doença. Fiquei surpreendida quando soube do conteúdo do seu testamento. Era a herdeira de todos os seus pertences como se o seu derradeiro regozijo fosse o de não me ter deixado quase nada, tão escassa era a sua fortuna. Apesar da ausência de lágrimas, a morte da madrinha perturbou-me e a sua figura, como eu a conhecera em pequena, revelava-se em sonhos. Mal adormecia, enredava-me num enleio onírico em que a *Loira* se desdobrava num duo arcaico, com duas faces diferentes. Um dos rostos fixava-me, no entanto, balançava-se continuamente, não se mantendo quieto o tempo suficiente para que conseguisse distingui-lo com precisão. O outro rosto permanecia esculpido sobre uma face de pedra cinzenta, imóvel. Os seus lábios, apesar da rigidez, mexiam-se. Dava ideia de que falavam comigo, mas olhando de perto, percebia-se que também com essa face a madrinha não me conseguia ver. Acordava banhada em suor, sentindo as mesmas angústias da menina que detinha o meu passado. Estaria a madrinha, com a sua conflituosa alma, a reclamar-me do além?

Estamos rodeados de morte, a história de qualquer pessoa pode ser abruptamente apagada, contrariando a ideia de que os jovens são imortais. O mundo da juventude é sempre admiravelmente novo e a sua versão da vida nunca alcança a possibilidade de um destino trágico. Em Janeiro, recebi uma carta do Apeles, comunicando-me a morte da sua noiva, Maria Augusta. Tinha vinte anos. Durante o período de afastamento da família, o Apeles escrevera-me apenas duas vezes, usando essas missivas para me narrar a história do seu amor pela Maria Augusta. Passou-me pela cabeça que o Apeles, como ao resto da família, me tivesse rejeitado. Conhecia muito bem o meu irmão e no limite do pressentimento, quase na projeção da fantasia, sabia que os seus motivos para não me escrever eram outros. A principal força do Apeles sempre fora a sua capacidade para planar acima do sofrimento. Desenvolvera uma extraordinária habilidade de fuga desde a infância, não se deixando dominar por experiências dolorosas. O Apeles detinha uma esperança excepcional, daí ter-me alarmado tremendamente com a sua carta. Dizia-me que não suportava viver sem a Maria Augusta, a dor era a única vibração do seu espírito e o suicídio um doce murmúrio.

O desvairo do Apeles refletia-se até na nitidez da caligrafia. A sua letra clara e meticulosa dera lugar a garatujas minúsculas que denunciavam descontrolo e um sofrimento lancinante. O destino pregara a pior das partidas ao meu irmão. Uma rosa em botão fora dizimada, transformada em cinza, muito antes da sua hora de murchar. Uma noiva morta arrasta atrás de si o espectro de um perfume eterno, com a sua voz a ecoar num espaço reservado ao êxtase da morte. Revisitei a minha infância com o meu irmão. Ele havia sido o meu verdadeiro amor, o único liberto de falsidades. O Apeles era como um filho, mas rodeando-me com os braços apertados de um pai. E se o desejo tem algo de pássaro com duas asas a bater num ritmo de sincronia, ele também havia sido meu amante. Recompus-me para conseguir escrever as palavras ajustadas à situação. Queria explicar-lhe que o tempo nos atira para frente, inevitavelmente o tempo é sempre infiel ao amor e às suas recordações. A dor apresentava os seus perigos e armadilhas, o luto inspirava assombros e encantamentos, mas ele teria de ser forte para que o tecto da casa dos mortos não desabasse em cima de nenhum de nós.

"Não há dores eternas, e é da nossa miserável condição não poder deter nada que o tempo leva, que o tempo destrói: nem as dores mais nobres nem as maiores", acrescentei. O alinhamento preciso da minha caligrafia pretendia esboçar um rumo para o futuro. Mais tarde percebi que a minha carta de nada serviu, não havia consolo ou amparo que pudesse proporcionar ao meu irmão. A dor era uma masmorra sem luz da qual o Apeles nunca mais saiu. Nunca me perdoei por não ter feito mais. Eu e o Apeles dividíamos pensamentos: ambos nos sentíamos seduzidos pela tentação da morte como se sonhássemos com uma paz serena.

Durante um ano, a minha vida pareceu, finalmente, ligar-se aos hábitos de uma rotina ociosa. Tudo parecia recompor-se sobre um pano de fundo vazio de ameaças. Viajei até Évora para apresentar o Mário ao meu pai e à Henriqueta. Fomos tratados como filhos pródigos que regressaram após uma longa ausência. Recordo sobretudo o abraço apertado de Henriqueta e o sorriso com que me recebeu, demonstrando que nunca havia quebrado o compromisso que nos ligava. Era capaz de adivinhar que tinha sido ela a persuadir o meu pai, não duvidando nem um pouco que sempre se preocupara com o meu bem-estar.

Ao contrário dos meus anteriores maridos, o Mário gostava de me ouvir ler os meus poemas e incentivava-me. O meu aposento favorito na casa de Matosinhos era uma mansarda de tecto inclinado. Fiz daquele recinto a minha sala de trabalho, onde instalei uma *chaise longue*. Ao fim da tarde, se espreitasse pela janela, conseguia distinguir uma lua hesitante que, observada de mais perto, se parecia com os deuses da inspiração. Inventara um cenário com o espírito das mansardas que inspirara tantos outros poetas e os versos vinham ter comigo para me unir ao mar e ao céu.

Sempre que tentava dirigir o assunto para edições ou para editores, o rosto do meu marido recolhia-se numa esfinge muda. Em duas ou três ocasiões, confabulei na sua presença sobre o meu nome escrito a letras de ouro na capa de um novo livro, embora sem apresentar os custos desse sonho. O meu marido beijava-me a testa, descobrindo súbitos pretextos para sair dos meus aposentos literários. Era sempre assim quando se falava do financiamento de publicações: num momento o Mário estava presente, no outro havia desaparecido. Várias vezes o sondei, cheguei a ser direta, questionando-o sobre a possibilidade de me custear. O meu marido comprava-me casacos de peles, vestidos novos, lenços e echarpes, mas não investia o seu dinheiro em edições. O Mário adotava uma postura hirta, dando-me uma resposta vaga, nunca enveredando pela descortesia de uma recusa explícita. Acreditei que teria as melhores intenções, um gesto de quem ama e teme, receios de que eu sonhasse demasiado alto e que depois graves desapontamentos viessem em meu encalço. Ainda assim, sem o seu conhecimento, esforcei-me por retomar alguns contatos dos meus tempos de Lisboa. Também neste caso, das respostas que obtive, sobressaía o desdém e a indefinição. O Francisco Lage sugeriu que lhe fizesse algumas traduções. Como se o meu espírito poético tivesse embatido nas vidraças do tempo, permitindo que da minha poesia se visse apenas uma sombra embaciada.

O meu marido mostrava menos reservas em relação a conselhos sobre a minha saúde. Sempre que eu lhe parecia mais agitada, insistia para não escrever tanto, de modo a não ser vítima de perturbações nervosas. Tinha uma vida segura e, ao mesmo tempo, sentia-me a morrer de tédio numa gaiola dourada. Devo, no entanto, ter sido feliz durante esse ano. Ao escrever, recorria à grandeza trágica da morte com a mesma ostentação com que uma mulher mundana exibe joias de brilho barato. A morte era apenas um ínfimo instante do futuro, uma metáfora de uma vivência imaginária.

A minha maior preocupação era o Apeles. O meu irmão passou um mês em Matosinhos e, à primeira vista, parecia o mesmo de sempre. Compartilhamos amor e palavras, abrindo gavetas secretas com recordações antigas, cuja chave só nós conhecíamos. Reaproximamo-nos bastante, ressuscitando cumplicidades de infância. Os nossos amigos adoraram o seu humor jovial. Eu achava as suas graças mais tristes e notava diferenças nas atitudes, vigiando-o como uma mãe em permanente alerta face aos sintomas de um corpo febril. A meio de um jantar, o seu olhar era capaz de se fixar no vazio, dando ideia de que os pensamentos haviam sido capturado por alguém na penumbra. Às vezes, esboçava um ténue sorriso, parecendo pedir desculpa pela sua ausência, apesar de encarar o seu interlocutor como se tivesse ouvido toda a conversa.

Imaginava que o luto do Apeles deveria ter infernais recaídas. A sua dor era um veneno corrosivo bombeado diretamente no coração, fazendo com que fixasse a realidade com olhos de brilho doentio. Organizei vários jantares e levei-o a bailes da melhor sociedade do Porto apenas com o propósito de lhe chamar a atenção para a delicada figura de algumas raparigas e dotes de espírito de outras, num esforço impotente para acelerar a destruição dos seus demônios. Ele sorria, dando-me respostas cerimoniosas, mas nunca se aproximando das donzelas, como se toda a linguagem lhe falhasse a um nível coloquial.

O meu irmão transformara o seu sofrimento em desafios audaciosos. Contou-me ainda em Matosinhos que pretendia frequentar um curso de piloto-aviador. Um pressentimento inexprimível tomou conta de mim, uma sensação aterradora, apesar de todas as minhas palavras terem sido de apoio às suas escolhas. Confessei os meus anseios ao meu marido quando mais tarde o Apeles iniciou o curso. O Mário repetiu-me incansavelmente que as estatísticas dos desastres em aviação naval falavam por si: havia pouquíssimos acidentes, além de os flutuadores protegerem a aterragem. Tentava acreditar no que o meu marido dizia, mas os maus presságios arranjavam maneira de penetrar nos pensamentos e, mal tentava desviar-me, eles mantinham-se lá com toda a sua sinistra premonição.

Dois dias antes da sua morte, estive com o meu irmão em Lisboa. Caminhamos de braço dado pela cidade. Fomos à Ópera, ceamos num restaurante da moda, passeamos por Belém. Tínhamos diante de nós o vasto e tranquilo panorama do Tejo e a Torre de Belém a destacar-se em cima do azul do rio, com toda a sua imponência. Embalada pela leveza da paisagem, as minhas palavras esvoaçaram despreocupadamente de um lado para o outro, tocando em assuntos domésticos, novos poemas e tecidos para vestidos que pretendia comprar.

Foram as últimas horas em que me lembro de ter estado viva, em que o meu coração apresentou o seu habitual e silencioso batimento. No momento em que o Mário me informou do acidente de avião, perdi-me, deixando de haver locais para a minha alma. Encontrava-me na minha sala de trabalho, o meu marido entrou. Só muito mais tarde notei os seus lábios a mexerem: "O teu irmão morreu/ Morreu/ MORREU". O grito que rasgou o meu peito foi tão potente que uma onda de choque embateu em tudo o que estava em meu redor, abrindo crateras no chão. Fiquei parada, os objetos mantiveram-se fixos ao espaço, mas não existia nada, só duas figuras paralisadas sob um manto de escuridão.

O meu marido fez-me engolir uma das suas pílulas que bloqueavam a consciência. Acordei horas depois ou, melhor, realizei o movimento de abrir de olhos. Constatei que ainda respirava, mas no interior de um cadáver enterrado no desespero. Perversamente, os meus sentidos funcionavam: distinguia a figura do Dr. Rui Brandão, colega do Mário, debruçada sobre mim, ainda o ouvia questionar-me sobre a minha saúde, sentindo, no entanto, que não me era possível responder. A minha morte e a morte do Apeles pensavam-se uma à outra como o único pensamento do meu espírito. Aos pés da cama, escassamente iluminado pela luz do entardecer, o Mário conversava com o seu colega, um murmúrio, sílabas a pulsar, palavras que lhe saíam dos lábios. Não estava à espera que ainda existissem frases e muito menos que se deixassem decifrar. As palavras só deveriam formar-se para exigir de Deus que quebrasse o seu silêncio.

O meu marido relatava ao Dr. Brandão as circunstâncias da morte do Apeles. Recorria a palavras frias e meticulosas que dor alguma parecia tocar. "Destroços do hidroavião haviam sido encontrados a cerca de meia milha ao sul da Torre de Belém." Silêncio. Não havia gradações para o meu sofrimento. Apesar da sua intensidade, consegui deter-me naquelas informações: "O cadáver não fora descoberto, só descobriram fragmentos do flutuador." A escolha de me erguer da cama, de assentar o corpo sobre os pés, a decisão de me afastar da inércia, não era uma escolha. Era forçoso levantar-me para consumar o esforço de uma única ação: viajar até Lisboa para ir buscar os restos mortais do meu irmão. Era imperioso que fosse à capital encontrar um corpo para o túmulo do meu morto.

Últimas memórias de Bela

Não existiam alternativas para a minha perda. Passava muitas horas na *chaise longue*, segurando, em estado de transe, os discos metálicos do hidroavião do Apeles. Viajara até Lisboa a seguir à sua morte para ir buscar o seu cadáver, mas aqueles pedaços de metal foram a única coisa que me deram. Hospedei--me em casa da Buja. A minha amiga, o Mário e tantos outros tentaram confortar-me, mas eu não os via realmente, além da sua figura esquemática. Havia sido absorvida por uma dor que sugava a densidade do mundo, das palavras e das pessoas. "A vida tem de continuar", diziam-me. E de facto a vida prosseguia, sem que pudesse impedir a minha queda sobre os dias. Falava com o meu marido, pelo menos dizia coisas, orientava a Inês, a cozinheira, no almoço, fazia a lista de compras para dar ao criado, escrevia ao meu pai sobre a distribuição dos pertences do Apeles. Ainda caminhava, mas deslocava-me carregando uma estranha nos pés ao ponto de quando passava por um espelho não me reconhecer.

O luto reconfigura o tempo e o sentido das coisas. Sentia todas as ações comuns como uma traição ao meu querido morto. Em nome do amor ao Apeles, só podia rejeitar as atitudes que me desviassem dele e da minha dor. Era uma questão de respeito e de veneração. Deitada na minha *chaise longue*, revisitava as minhas memórias, forçando a imagem do Apeles a tornar-se mais nítida. Revia o seu sorriso, lembrava os seus sonhos de marinheiro, a sua ânsia pelo mar como se a existência, com viagens, se tornasse realmente venturosa. Tentava aprisioná-lo vivo, em visões de um tempo suspenso na nossa infância, retendo a vida antes da queda, presa a uma dimensão intermédia entre o vazio do presente e a limpidez feliz do passado.

Uma tarde, as minhas recordações pediram-me para renascer em palavras. O meu morto devolvia-me o olhar com o brilho das minhas lembranças. Conter tudo dentro de mim seria deixar a morte vencer. Era preciso uma narrativa para que o meu irmão não morresse comigo. Escrever sobre o Apeles era formar uma história de salvação, mas sem perder altitude ou profundidade. A luz nessa tarde estava mais pura do que o habitual para um dia de Outono. Deambulei em torno da minha mesa, tacteei um caderno com páginas em branco, retorci as mãos, contei os passos entre as paredes como se percorresse um círculo de purificação e de seguida sentei-me. À medida que as dúvidas se foram desvanecendo, comecei a redigir O Aviador, tentando, através de um conto, esboçar a imortalidade do Apeles. Comecei por descrever o meu irmão dentro de um sonho que pertencia a Deus. A personagem era o Apeles, mas também mudava de aspecto com as montagens que a minha memória ia fazendo. Reconstruía o passado com a imaginação e a escrita converteu o sofrimento em beleza no momento em que a personagem desafiou as fronteiras do ar e a queda do avião se transformou em voo, tendo as próprias deusas da água cuidado da sua mortalha. A caneta, ao deslizar metodicamente no papel, trazia-me o meu irmão de volta. Não era uma visita ou uma evocação, mas a sensação física da sua mão sobre o meu ombro. A minha tristeza falava em voz alta e as páginas não ficavam em branco. Procurava a narrativa verdadeira para a minha dor, recorrendo a palavras que o próprio Apeles assinalaria como suas. Talvez a minha obsessão fosse um jogo. Em todo o caso, escrever proporcionava-me um tempo fora do tempo em que o meu irmão permanecia vivo.

Tudo ficaria perdido num areal de palavras, tudo não passaria de um amontoado de folhas, se aqueles contos não fossem lançados ao mundo. Sabia que não podia contar com o apoio de familiares, tanto o meu marido como o meu pai amavam-me bem menos do que ao seu dinheiro. Escrevi cartas a alguns homens de influência no meio literário, nomeadamente ao Raul Proença e ao João Emídio Amaro. As suas respostas vagas não demonstravam interesse, apesar dos rasgados elogios sobre a minha qualidade literária.

Estaria a trair o Apeles com a minha ambição de obrigar o mundo a pronunciar o seu nome? Às vezes questionava-me sobre o que verdadeiramente ambicionava com a publicação daquele conto? Forçar o mundo a amar o meu irmão através do meu talento? Ou simplesmente dar sentido ao desgosto da sua morte? Dizia a mim própria que ele tinha sido e, ainda era, a melhor parte de mim, merecendo ser eternizado. Em várias ocasiões tentei transmitir ao Mário como a ficção me ajudava a exorcizar o luto. Pedi-lhe ajuda, mesmo sabendo que as palavras de salvação não faziam parte do seu reportório. Desgostava-me a sua indiferença pelas minhas tentativas de editar os contos. Ele não percebia como a escrita, ao criar laços com vivências imaginárias, me ajudava a suportar a ausência do meu irmão com menos ruído e fúria. Para o fazer compreender, teria de o levar a um campo de batalha e mostrar-lhe como, recorrendo às palavras, podia fazer com ele o conjunto de um morto e a sua bala. Não desejava hostilizar o meu marido e, receando perder a única mão que me prendia à realidade, silenciava o meu desgosto de não ser apoiada.

Permaneci um ano no limiar da contemplação, experimentando todo o tipo de sofrimentos. Deixou de haver desgostos novos, mas a dor antiga repetia-se em diversas situações, com idêntica intensidade, sempre que me lembrava do Apeles. Estendida na sensação de estar morta, era o Mário, quando chegava a casa, que me forçava a levantar para darmos um passeio. Seguíamos quase sempre até à praia. Dava-me a mão, chegando a desviar-se da sua postura formal para me acariciar os cabelos. Sentados de frente para o mar, ele referia-se a ondas desfeitas a regressarem ao movimento da ondulação, não utilizando exatamente estas palavras, mas com este sentido metafórico. Também, na condição de médico, dava-me ordens e exigia obediência: "Uma vida nova tem de começar depois deste luto tão prolongado. Era isso que o Apeles desejaria para ti."

Lentamente retomei algumas das atividades que fazia antes de o Apeles morrer: ir à baixa do Porto tomar um chá, assistir a um espetáculo de ópera com o meu marido, deslocar-me à modista. Não suportava o ruído, a atmosfera de normalidade das ruas, os cumprimentos pesarosos das pessoas. Tudo me parecia fútil. Os amigos pretendiam que fosse aliviando o meu desgosto, enquanto eu só o desejava preservar, por assim manter viva a presença do Apeles.

A maneira mais improvável de mitigar um luto é uma dor em sentido oposto, trazida pela vida, uma espécie de contrafogo. Numa tarde cálida de Junho, saí sozinha para comprar uma caixa de charutos ao meu marido na melhor tabacaria de Matosinhos. Dirigi-me de seguida ao seu gabinete de delegado de saúde. Fiz um sinal cúmplice ao porteiro quando passei por ele à entrada. Subi lentamente as escadas que levavam ao seu escritório, o vagar silencioso dos meus passos continha o fascínio de um jogo infantil. Eram seis da tarde, o expediente já tinha terminado, não havendo ninguém à entrada. Prossegui por um longo corredor. A penumbra foi invadindo as paredes e das suas sombras não saiu um sinal de aviso, um som fantasmagórico ou mesmo o ruído de uma janela a bater. Tratou-se apenas de um vislumbre através de uma porta entreaberta ao fundo do corredor: vi o meu marido beijar um rapaz. O avanço da imagem foi tão violento que só podia estar a acontecer numa cena essencialmente ficcional. A sensação de horror não se alterou quando notei que o rapaz teria pouco mais de vinte anos. A visão fundia-se com os meus olhos, apossando-se de uma quantidade cada vez maior de perplexidade. Haviam decorrido apenas escassos segundos, mas foi o tempo suficiente para compreender que se continuasse parada, o vislumbre iria devorar-me. Corri.

Dirigi-me à praia. O céu ficara enevoado, mas nem uma brisa agitava o ar. O meu cérebro ocupava-se em reunir diferentes pontas soltas de uma série de suposições que agora tinham um novo significado: o escasso desejo do meu marido pelo meu corpo, os beijos castos. Não me sentia ainda preparada para definir as verdadeiras razões que o teriam levado a casar-se comigo, mas parecia evidente que o matrimônio lhe servira para ocultar indignidades e transgressões imorais. Ocorreram-me algumas frases ciciadas baixinho em jantares sociais, sussurros discretos que se desvaneciam num pigarrear abafado quando me aproximava. Sempre pensara que o objecto dessas intrigas seria a minha pessoa, sempre as atribuíra às maledicências sobre os meus casamentos. Um nome oculto, um insulto enorme, murmurado em certa recepção não se ajustava à minha fama e má reputação, no entanto, interpretei-o como uma evidência da mesquinhez humana e não como a dissimulação de um perfil obscuro atribuído ao meu marido. Contudo, fazia todo o sentido, se pensasse nas mãos enluvadas do Mário ao tocar-me. Nunca soube se ele se apercebeu da minha visita ou se o porteiro denunciou a minha fuga. O meu casamento mudou a partir desse dia. Uma hora mais tarde, ao chegar a casa, o Mário encontrou-me deitada na minha *chaise longue*. Fixei o perfil do meu marido, barbeado, bem-parecido, se bem que algo cansado e, ao observá-lo, senti redobrada ansiedade como se estivesse na presença de um estranho. Enquanto ele se deixou estar sentado ao meu lado, trocamos escassas palavras. "Passaste bem o dia?", A minha resposta — "Estou com uma terrível enxaqueca" — procurava adiar explicações mais profundas. Não consegui dizer mais nada. A minha capacidade para acusar, para discutir, ou mesmo para sofrer havia-se desvanecido. Para meu alívio, ele limitou-se a suspirar, a abanar a cabeça, saindo do aposento logo de seguida.

A partir daquela tarde, o sentido das palavras dirigidas ao meu marido convivia com uma crispação latente. A minha atitude com o Mário alterou-se, tornei-me caprichosa, irritável. As discussões sobre o cheiro do seu charuto asqueroso, sobre as folhas do jornal de sábado espalhadas pelo escritório, as minhas fúrias contra a sua mania meticulosa de verificar as contas desviavam-me do verdadeiro combate, mas davam-lhe a entender quanto lhe queria mal. Todos os assuntos eram inflamáveis, ocultando outras matérias demasiado ilícitas para serem reveladas. Um sentimento de repugnância, de qualquer coisa aviltante, subia-me à cabeça com a evocação dos nossos raros contatos íntimos. Nessas alturas, alimentava-me da ira da mesma maneira que um viajante do deserto é capaz de beber água contaminada para andar mais uns passos. Talvez por intuir a natureza da perturbação por detrás das minhas explosões, o Mário afastava-se, não ousando fazer qualquer comentário.

É verdadeiramente extraordinária a maneira como a vida acaba sempre por se impor, deixando-se ludibriar por uma qualquer luxúria, que depois nos conduz até ao mais profundo vácuo. Sentia-me velha e havia sofrido todo o gênero de desgostos, ainda assim reinventei a esperança ao ouvir o Luís Cabral tocar piano. Acompanhara o meu marido a uma festa no Porto. Enquanto estivesse casada seria forçoso apresentar-me em público com ele, mesmo com um tédio tão grande quanto a minha raiva. Não podia voltar a divorciar-me, depois de um terceiro casamento seria definitivamente votada ao ostracismo. Ninguém na sociedade pensaria em mim como uma incurável romântica, mas sim como uma mulher depravada.

O movimento dos dedos do Luís Cabral continha a própria música, muito mais do que as chaves a preto e branco do teclado. Tocava um dos "Noturnos" de

Chopin. A melodia devolveu uma certa vibração à minha alma, descrevendo um mundo de uma extrema claridade onde os sentimentos estavam a ser purgados para um estado mais puro. A ressonância da melodia rejuvenesceu as minhas emoções, ao ponto de se tornar imperioso ser apresentada ao pianista.

O meu nome era conhecido, fosse por razões de imoralidade ou por motivos literários, a fama sobrepusera-se à minha figura. Não demorou muito para que a dona da casa me apresentasse ao Luís. Conversamos sobre arte, mencionamos a forma como a poesia era sustentada por uma certa música e como certas árias suplicavam por versos. As palavras nada exprimiam do que pretendiam dizer, várias coisas insuspeitas murmuravam nos nossos olhos, ou, pelo menos, assim inferi. No final do serão, despedi-me do Luís, encaminhando os meus passos por uma estreita faixa de chão, que não era propriamente pavimento, mas uma passagem para o sonho. Após a despedida dos anfitriões, o Mário deu-me o braço ao descermos as escadarias que davam para rua. Dominado pelas aparências, o meu marido observou que considerava ofensivo ter dado tanta atenção a outro homem à vista de todos. Perante os seus comentários, limitei-me a sorrir com evidente desdém. A minha renúncia ainda não era completa e mais incompleta era a fidelidade devida ao meu marido.

A minha paixão pelo Luís teve duas realidades, não obstante uma delas em nada se relacionar com o amor, mas com a projeção de vinganças grandiosas contra o Mário. Esta última razão terá estado por detrás da minha resoluta presença de espírito no momento em que, na própria noite em que fomos apresentados, sugeri ao Luís um encontro. Só mais tarde, depois de vários passeios pela Foz do Porto, me apaixonei.

O Luís falava-me com a vivacidade de um homem viajado e culto que gostava de observar o mundo e descobrir as suas surpresas. O seu discurso sobre viagens estava cheio de impressões poéticas, metáforas e comparações. Era esplêndido escutar uma alma que fazia ressonância com a minha. A medicina, a sua profissão, e a prática de pareceres científicos não lhe haviam deformado o prazer estético. O contacto com a vulnerabilidade do corpo humano parecia, pelo contrário, ter aprofundado a sua liberdade de pensamento.

Ele cortejava-me de forma subtil e eu não me recusava a ser seduzida. As conversas começaram a ganhar subitamente um peso erótico. As suas palavras dúbias faziam o meu coração vibrar com a plenitude de uma enchente que já não recordava, ou que talvez nunca tivesse sentido. O meu olhar fixava-se aos gestos das mãos como se observasse o movimento de uma batuta a orquestrar uma promessa. O amor irrompeu, deixando-se arrastar pela fatalidade de um sonho impossível.

Quando o Luís me beijou a primeira vez, não me esforcei por distinguir o que poderia estar oculto por detrás da neblina que, nesse dia, cobria o mar. Só um deus, fazendo-se temporariamente passar por homem, poderia tingir os meus lábios com um vermelho tão voluptuoso. Só um deus conseguiria gerar no meu sangue aquela onda gigantesca de pulsação ansiosa. Só um deus poderia recolher nas suas mãos todos os pecados do meu corpo. Não havia dúvidas que me fizessem uma visita, ou poeiras sobre um mar tão luminoso. Depois desse beijo passei a monopolizar as conversas durante os nossos encontros. Falava de quê? Contava-lhe a minha infância, embelezando-a um pouco, descrevia as charnecas do Alentejo, ornamentando ainda mais, destacava a solidão que se podia descobrir nos meus versos, mostrava-lhe a chaga aberta no meu peito onde o Apeles jazia. E, fixava os seus olhos azuis de pianista que me davam a impressão de cair sem cair.

Sempre foi da minha natureza conceber desejos quiméricos que não se manifestavam em lado nenhum. A realidade revelava-se, amiúde, notoriamente mais trivial do que as fantasias que me agradava projetar. Certa tarde de calor abafado, decidimos tomar chá numa pastelaria da Foz em vez de passearmos na praia. Um criado de modos distintos serviu-nos e enquanto lanchávamos, discutimos a paixão. Eu, a exaltada do costume, nomeei o amor e a sua localização num ideal de absoluto. "A paixão é o único sentimento em que a alma e a carne não são separáveis", observei. "O amor — contrapôs ele — é um sentimento diverso, capaz de se dividir em muitíssimos cambiantes", acrescentando, quase em tom de desafio, que nunca fora capaz de amar doidamente uma mulher.

Esta última asserção soou aos meus ouvidos plena de sentidos ambíguos. As pessoas não dizem tudo. Sabia-o melhor do que ninguém depois do que descobrira sobre o Mário. Só o timbre de voz deixa escapar a longa litania das revelações a que não temos acesso. A concupiscência pelas fraquezas íntimas, aquelas que apenas admitem a intromissão de reticências e que são apreendidas pelas mesmas sensações com que fabricamos os sonhos. Percebi de imediato que o meu amado guardava um segredo. O episódio com o meu marido aguçara a minha capacidade de discernimento. O Luís não sabia como dizê-lo, mas acabou por confessar-me que tanto era tocado pelo desejo por mulheres como por rapazes. Evidentemente, não o afirmou desta maneira tão inequívoca, recorreu a metáforas conhecidas que tornavam a história mais louvável, quase no registo de uma ficção. Esbocei um sorriso dúbio para disfarçar a picada das lágrimas. Senti-me como se tivesse perdido de novo o meu lugar no mundo e despedi-me a pretexto de uma compra urgente.

O desaire deste amor desencadeou em mim uma aflitiva necessidade de punição. Merecia todos os castigos por ainda permanecer susceptível às tentações da vida e, sobretudo, por me ter subtraído à dor do luto. Quase que não dedicara um pensamento ao meu irmão no último mês. Traíra o Apeles, jogando um jogo sórdido contra a memória do meu adorado morto. O sofrimento, amortecido nos últimos meses, reapareceu numa detonação intensificada e lancinante.

O desgosto de amor foi a causa imediata. O verdadeiro motivo para me entregar nos braços da morte terá sido a loucura que estava em mim. Como é que a loucura entrou no meu espírito? Talvez pela mesma razão com que um vulcão faz explodir mares de lava. A angústia engolia-me como se fosse a larva de um fruto podre. Esperava-me como um amante hediondo que perpetra com determinação o estupro de uma criança. Tinham passado horas suficientes desde que deixara Luís e só me conseguia ver com outro rosto a descansar nos braços da morte. Tinham passado dias suficientes sem dormir, deitada na minha *chaise longue*. Suspensa num tempo em queda, os pensamentos misturavam-se numa insurreição sem regras. Só a morte me aliviaria, salvando-me do ódio da madrinha, da ausência do meu irmão, da infidelidade dos meus maridos, da minha própria mediocridade. A morte iluminava, com uma luz fraca, uma terra de paz no fim do mundo. As promessas por cumprir marcavam a minha alma diminuída. Não passava de um corpo sofredor que precisava de mitigação por não existir nenhum bálsamo para me curar. Uma semana após o meu último encontro com o Luís, as dimensões do tempo desencontravam-se das coordenadas do espaço. Ao entardecer, pouco antes do jantar, o puído fio que me segurava à vida rasgou-se e agarrei no frasco de comprimidos que o Mário me receitara para me ajudar a dormir. Ainda havia luz, mas pouca, o arco do sol ia descendo, embatendo contra a janela. Engoli, um, dois, três comprimidos. Levantei-me para ir buscar mais e desmaiei.

O Mário salvou-me, sendo médico, forçosamente, teve de cumprir o seu dever. Contou-me que me obrigou a vomitar, imagem não retida na minha memória. O seu rosto denunciava uma genuína preocupação quando acordei. Alguém me transportara para a cama e o meu marido velava por mim. Sentia-me muito débil. "Estás com um esgotamento nervoso, Bela. Temos de fazer alguma coisa." Aquela frase, proferida com gentileza profissional, fez-me chorar. Voltei a adormecer e despertei quando já era dia sem saber onde estava. Fiquei imóvel, contemplando vagamente o tecto, cujas manchas de umidade podiam desenhar um mundo diferente, de seguida virei a cabeça e vi o meu marido sentado numa poltrona, adormecido. A minha cabeça exausta precisava do benefício do esquecimento, talvez por isso a dedicação do Mário me tenha feito reaproximar-me dele. Não era o perdão, mas algo de semelhante a um empate num jogo arruinado. Passei a ver o meu casamento e as fraquezas do meu marido de maneira diferente: mais não éramos do que dois doentes, amparando-se um ao outro. Partilhávamos o infortúnio da mentira, o que acabava por nos unir.

O Mário sugeriu que fosse recuperar para o Hotel do Parque Natural do Seixoso. Instalei-me lá durante um mês e ele ia visitar-me aos domingos. O hotel era um edifício de grande envergadura, reconstruído com especial sumptuosidade depois do incêndio do sanatório. O Dr. Cerqueira Magro, o médico, cuidava muitíssimo bem dos seus pacientes, receitando minuciosos tratamentos termais. Da janela do meu quarto, avistava uma exuberância de ramagens verdes de pinheiro e eucaliptos. Era um cenário perfeito, mesmo que a neblina forçasse os raios de sol a um intenso esforço para a perfurar. Ali o meu desespero quase que se confundia com apaziguamento.

Não fui eu, mas o meu corpo que durante aquele mês tomou a decisão de morrer. Nem a noção de escolha nem o registo de um momento são adequados para definir a vontade de um espírito de se abandonar à natureza das coisas inertes. Tinha sintomas vários, porém o seu conjunto não se ajustava a nenhuma doença em particular: febres baixas, dores de estômago, desarranjos intestinais. O meu corpo ia-se extinguindo do seu peso com o propósito de me libertar.

Não terá sido de um dia para o outro. A contagem decrescente não subtraía dias, mas desejos e vontades aos meus estados de alma. Regressei a casa aparentemente restabelecida, retornando às rotinas habituais. Fazia crescer uma imagem de serenidade para que o meu marido e as minhas amigas acreditassem na minha recuperação. A minha relação com o Mário passou a conjugar-se com os ritos da normalidade. Estava excessivamente vulnerável para ensaiar atitudes de afronta, sentia a cabeça demasiado vazia para soluços de revolta. A paródia do meu desempenho recolhia aplausos, ainda que para mim existisse uma clara dissociação entre o meu ânimo e a máscara. Fizera sumir do meu discurso todos os verbos de amor e as minhas palavras mostravam-se atingidas por uma secura de coração que excluía possibilidades aos sentimentos.

Tornei-me cada vez mais estranha, alguém com qualidades operáticas, uma fingidora que rejeitava a partitura da tragédia. Observava-me pouco ao espelho, julgando que a expressão do meu rosto, pelo menos em público, ainda suportava os traços de um sorriso. A minha inconsciência fazia-me crer que o disfarce se ajustava às circunstâncias, não permitindo a ninguém distinguir a angústia. A minha sensibilidade fixava quantidades cada vez maiores de desespero e a salvação já não dependia da ação de ninguém.

Só conservava uma espécie de instável equilíbrio quando escrevia. Os meus versos eram a argamassa de uma mente desfeita. Vivia tanto para o meu encontro com a morte como para a poesia. O que fluía, ao redigir um novo poema, era sangue misturado com tinta, que depois percorria os vasos do meu braço direito, como uma espécie de transfusão, antes de atingir o papel. Usufruía da desilusão e do abandono literário como de uma derradeira inquietação amorosa. As dores acesas na minha alma iam ao encontro de novas rimas e, dessa maneira, entre avanços e recuos, adiava o jogo com a morte.

Ainda que raramente, as tensões da vida às vezes faziam-se sentir. Os meus excessos não me haviam esgotado completamente, pois voltei a censurar o Mário por motivos mesquinhos. Já não suportava a sua amabilidade, o mesmo era dizer que me dava ao direito de julgar os seus segredos inconfessáveis. Cheguei a enunciar acusações imprecisas, onde insinuava as suas imoralidades e atitudes viciosas, sem nunca as explicitar. Nessas ocasiões, o meu marido não reagia ou então fazia alguma referência à minha reputação de mulher com experiência em seduzir homens. A atmosfera entre nós ia ficando pesada com coisas suspeitas, pendentes no silêncio. Eu e o Mário éramos dois estranhos acorrentados a uma existência comum, um casal como tantos outros, que ficava bem nos retratos de família sem que mais nada nos ligasse. Ainda não enveredara por um retrocesso irreversível que tornava os pensamentos alheios à lucidez. Recebi alguns convites para colaborar em revistas literárias e não os recusei. Porém, numa das minhas viagens a Lisboa, percebi que também o êxito literário me era indiferente, apreço e glória já pouco me importavam. Graças a vários acasos fortuitos fui tomar chá na Pastelaria Marques com um jornalista influente dos meios literários, de nome Bourbon e Meneses. Uma amiga do Porto havia-me recomendado à sua irmã que, por sua vez, tratou de nos marcar um encontro.

Cheguei pontualmente às dezasseis horas, como fora combinado, mas o Bourbon e Meneses já estava à minha espera numa das mesas. Era um homem gordo e calvo que, após os cumprimentos iniciais, me fixou como se estivesse diante de uma obra-prima cobiçada. Discutimos literatura, escutei os seus devaneios, registei a sua vaidade ao enunciá-los. Gostaria que ele refreasse os seus argumentos impenetráveis, falando de poesia como se fizesse uma análise de toda a humanidade. Inesperadamente, o Bourbon e Meneses pediu-me para ler uma passagem — um poema, um texto — escrita por mim. O pedido deixou-me perturbada, mas escolhi uma parte de *O aviador*, cujas páginas trazia sempre comigo. Li como quem caminha até ao fim do mundo para me encontrar de novo com o meu irmão. O meu querido morto libertava-se do seu túmulo e transformava-se numa presença durante a leitura. Essa sensação fez-me momentaneamente sair dali. Imaginei uma esfera incandescente a voar no tempo, com duas crianças gémeas, eu e o meu irmão, por nascer lá dentro. Quando terminei, espreitei-o pelo canto do olho para ver se se apercebera da minha instabilidade. O Bourbon e Meneses teceu-me os maiores elogios, porém ao contrário do que seria habitual, não carreguei as suas palavras com ilusões ou fantasias sobre eventuais sucessos. Despedimo-nos com uma promessa de um novo encontro que, obviamente, não era para suceder.

Este episódio particular não foi diferente de tantos outros com poetas e editores. Refiro-o, porque o olhar do jornalista desencadeou em mim apenas uma demolidora indiferença. O sofrimento fazia-me subir aos céus e ascender acima de antigas aspirações. Já só atendia às sensações viscerais do meu corpo e as suas fraquezas foram enterrando o meu espírito num denso nevoeiro de melancolia. Esse fenômeno parecia ter um desenvolvimento independente da minha vontade e, se me fazia sofrer, também me proporcionava uma serena determinação em morrer. Já não estava na minha mão retirar aquele corpo enfermo da sua queda, o que tornava a renúncia mais fácil. Emagrecia, comia cada vez menos e graças a estados febris, a minha mente flutuava, não vendo das pessoas e dos objetos mais do que um rasto vago. A continuidade dos sintomas retirava-me toda a energia e havia qualquer coisa que se esvaía de mim que eu pensava ser a firmeza.

Respondia como monossílabos à litania de perguntas atenciosas do Mário e das minhas amigas sobre o meu estado de saúde. Limitava-me a prolongar o tempo deitada na minha *chaise longue*, possuída pela beleza das coisas brutas, inanimadas. Contava as minhas pulsações antes de se extinguirem. Até as fantasias se desprendiam dos sonhos com a grama e meia de Veronal que o Mário me dava todas as noites para eu adormecer. O futuro havia-se refugiado na inércia e desejar fosse o que o fosse tornara-se inacessível para mim. Numa dessas tardes de prostração, adormeci e sonhei que fazia amor. O transe erótico incluía um corpo masculino que não se distinguia do meu, mas, de repente, a sensação de prazer saía da minha pele e deslocava-se para um lugar muito escuro. Então, perdia-me dos contornos do meu corpo e a própria armação dos ossos desfazia-se em poeira. Acordei em pânico, mas depois sorri.

Atravessava graus maiores e menores de torpor de onde, às vezes, ainda emergia. Surpreendentemente, fui capaz de melhorar a minha visibilidade literária, publicando um conto na revista Portugal Feminino a convite da minha amiga Amélia Teixeira. Mas quando o vi publicado não senti nada, absolutamente nada.

Até as assombrações do Apeles começaram a desaparecer, parecendo que o seu rosto perdia nitidez, talvez por ter tido tantas expressões. Se até o meu morto não se interessava por mim, podia começar a morrer. Percebi como era definitivo o meu trato com a morte, soube-o profundamente quando iniciei a minha correspondência com o Guido Battelli.

Afinal, os meus poemas conseguiram tocar alguém, mesmo se a sensação não pertencesse às impressões tácteis da minha alma. O Guido Battelli apropriou-se da minha exaltação poética, sempre olhada como algo próximo da insanidade, sem nunca me ter visto. O gesto das minhas mãos a desenhar letras, os versos em sombreados de mim, suscitaram a sua curiosidade e ele quis conhecer-me.

Guido Battelli era professor regente na Faculdade de Letras de Coimbra e realizou múltiplas diligências para me localizar. O António Batoque, um advogado meu amigo do tempo da faculdade, dera-lhe a ler versos meus e isso fora suficiente para me tentar descobrir. Foi prodigioso que um homem que nunca me vira se sentisse tocado com os meus poemas, sendo capaz de se apropriar das minhas mágoas e dos meus anseios. Havia desistido há muito de capturar um destinatário para os meus versos e, quando ele finalmente chegou, o meu cansaço era tal que quase nada mudou no meu desapontamento. Não foi bem assim. Ainda sorri, ainda senti orgulho dos elogios escritos nas suas cartas, houve um instante em que aquelas palavras me iluminaram.

Após termos trocado duas cartas, o Guido insistiu na publicação de um livro de poemas meus. Aquele homem que veio a ser meu amigo, não podia saber que estava no limite dos meus esforços e já não conseguia continuar a suportar a tensão da tristeza. Emocionalmente era um espírito mutilado, mas a sua correspondência fez-me erguer da *chaise longue* para me sentar a escrever. Não apenas cartas, mas novos versos. Deixei-me penetrar de novo pela loucura das palavras e pelo silêncio que se estendia além da ressonância do seu sentido, existindo qualquer coisa de inútil e, simultaneamente, tranquilizador no gesto de pegar numa caneta e acordar no coração de um poema.

Acabei por conhecer o Guido quando estava a passar uns dias em casa da Amélia Teixeira em Lisboa. Ele veio de propósito de Coimbra e a tarde que passamos juntos ajudou-me a enterrar interpretações mesquinhas sobre o meio literário. Nada é mais delicado do que o encontro de duas almas com visões semelhantes. Era um senhor de sessenta anos com barbicha e cabeleira branca que, através dos óculos, me fixou profundamente no momento em que fomos apresentados. Moldei o meu sorriso de forma a assentar numa expressão encantadora. Gerou-se uma certa timidez enquanto a criada da Amélia nos servia um chá, mas, sob o olhar discreto da minha amiga, falamos durante horas. Partilhamos e discutimos a natureza das causas poéticas, criando-se entre nós uma súbita intimidade que nunca se desvaneceu até à minha morte. A correspondência entre mim e o Guido ganhou um ritmo semanal. Gostava de lhe responder em longas cartas, nas quais desvendava a incandescência de iluminações poéticas, descrevendo como as mesmas me esgotavam. De certo modo, continuava impudica, mostrando as atitudes de uma mulher sedutora: subir um pouco a saia, expor a fímbria de uma renda que revela e se esquiva aos contornos de uma perna. Uma metáfora ordinária que ilustra a forma como exibia para ele os meus versos. Apreciava os seus comentários lisonjeiros sobre o poder da poesia e adorava as suas traduções dos meus versos em italiano, língua dulcíssima. Admirava, igualmente, as gravuras de Veneza e as miniaturas de quadros que acompanhavam as suas missivas, como se o Guido quisesse semear visões do mundo no estreito círculo da minha melancolia. E em todas as cartas dava-me conta dos seus planos e avanços para a publicação de um livro de poemas.

O prazer da leitura durava breves momentos, o equivalente aos segundos que uma nuvem de fumo demora a desfazer-se. Depois, o meu espírito voltava a ser exposto às amarguras do quotidiano. A competição entre o desejo e a morte não se decide num único lance de dados. Nem Deus serve para parceiro deste jogo complicado, o qual, curiosamente, pode apresentar semelhanças com o exercício da escrita. É raro a primeira versão de um verso aderir à simplicidade. O ondular oculto das palavras demora algum tempo a espraiar-se pela autenticidade de um poema da mesma forma que a tumultuosa caminhada para o suicídio não se define num só instante.

A ideia de morte não agia sobre mim como a lâmina de um punhal, nem como o nó corrediço de uma forca. Antes se fazia sentir como a ação de um lento veneno, agindo diretamente sobre a firmeza dos ossos. O meu corpo desabava, aparentando ter ligamentos desfeitos, costelas quebradas em minúsculos fragmentos, pés desencaixados das tíbias. O Mário levava-me em peregrinação aos seus colegas mais eminentes. Fui examinada, radiografada, analisada por todo o gênero de médicos que caprichavam no palavreado sem se entenderem no diagnóstico. Num tom de vaga piedade, apresentavam hipóteses e possibilidades: destrambelhamento dos nervos, neurose, fraqueza dos pulmões, sopro no coração e outras lérias proferidas no mais douto latim. Dos seus lábios arredondados saía uma lista de males de melancolia ou de fraquezas mais gerais, fixando-me como uma causa perdida.

Irados, acusadores, desesperançados, os meus pensamentos prosseguiam pela sua lógica tortuosa, evidenciando os benefícios da morte. Em situações sociais ridicularizava os meus achaques, a minha propensão para os humores soturnos. Absorvia a máscara, tornava-a no único meio de relação e, ajustando-a aos contornos do rosto, fazia-a mais viva do que eu.

A Maria Helena, concunhada da Buja, e os seus dois filhos vieram passar os meses de Verão à minha casa. Adorei aqueles momentos na praia de Matosinhos em que as crianças nadavam na água, os seus gritos indestrutivelmente entusiásticos. Observava, quase com prazer, aquela felicidade infantil em estado puro, isenta de toda a mentira e de toda a vergonha. No entanto, não deixava de sentir piedade por aqueles miúdos, pensando nas desilusões que a vida estaria a planear para eles. Se fechasse os olhos, os fragmentos das suas conversas, a sua alegria instintiva, esbatiam-se num murmúrio; a febre e a melancolia iam-se sobrepondo a todos os ruídos. Se os abrisse, as figuras de carne e ossos das crianças diluíam-se contra o sol em silhuetas de papel. Era capaz de conversar com Helena sobre assuntos banais, de organizar as compras para as refeições e até mencionar a iminente publicação de um livro de poemas, mas cada um desses atos não tinha outra razão de ser senão a de expor a minha morte à vida.

Não é que estivesse decidida a deixar-me morrer, mas interpretava os meus sofrimentos físicos e psicológicos, a esgotante sucessão de recaídas na doença, como um presságio fúnebre. Confortava-me com a doce quimera da ausência de sofrimento na morte. Testemunhei com o meu sogro o seu misterioso poder de transfiguração. Uma fraqueza generalizada, um cansaço extremo, uma imensa dificuldade em respirar afligiam-no há largos meses e, para que o Mário lhe pudesse prestar mais rápida assistência, ele e a minha sogra tinham vindo viver connosco. A sua degradação foi irreversível. A voz mantinha o mesmo timbre, mas das inflexões de autoridade nada restava.

Aquele homem que espalhara todo o gênero de calúnias sobre mim transformara-se numa criança à espera de ser tomada nos meus braços. Eu própria lhe levava as refeições à cama e lhas dava à boca. Havia algo de comovente no seu olhar suplicante, como se estivesse a convidar-me a sentir a serenidade do seu próprio estado. Tinha vontade de o confortar, cantar-lhe uma canção de embalar, fazê-lo adormecer. Morreu poucos dias depois enquanto lhe dava o jantar, entrando suavemente numa casa de silêncio. O meu sogro engoliu uma colher de caldo, emitiu um gemido feliz semelhante ao de um cão e fixou os olhos em estrelas impiedosas. "Está a salvo dessa coisa ínfima que é a vida", pensei, quando me dei conta que já não respirava. Não deixei, no entanto, de o chorar intensamente antes de chamar o Mário.

Como era possível que a vida ainda me tentasse? A Helena e os filhos haviam partido, deixando-me mais só. A Aurora Jardim, uma das poucas amigas que fizera no Porto, convidou-me para um lanche no Grande Hotel e eu corri à costureira para ela me apertar um casaco. A alma humana solta-se pelos motivos mais fúteis em busca, ainda e sempre, de satisfação e prazer.

Entre os numerosos convidados de Aurora Jardim encontrava-se o Ângelo César. Há homens cujo perfil nos faz olhar e olhos que nos deslumbram. Será isso a natureza do amor? Uma aparição que anuncia a necessidade de atravessar distâncias para irmos ao encontro de outra alma. O meu discernimento era demasiado incompleto, os pensamentos flutuavam em raciocínios vagos, excluindo o meu espírito de todas as possibilidades de amor. Foi ele quem veio ter comigo. Disse-me que os meus olhos escuros faziam lembrar pinturas antigas e os meus poemas liam-se com apaixonante absorção. Estas palavras proferidas de rajada surpreenderam-me. Sorri lisonjeada e senti, com perplexidade, o coração a bater demasiado rápido para quem havia demonstrado tanto apego à morte. Sentamo-nos na mesma mesa e falamos durante o resto da tarde. Ele era um homem belo, não inteiramente destituído de espírito e que me tinha tomado como objecto de desejo, gerando com a sua atitude cativante novos sentidos para a realidade. Para mim tratou-se apenas de uma conversa mais estimulante do que as habituais banalidades sociais, não sendo minha intenção enveredar por caminhos nefastos ou pecaminosos. O amor, no entanto, desencadeia invejas instintivas. Ao despedir-me, a Aurora avisou-me que muitas pessoas haviam comentado a minha cumplicidade com o Ângelo César. Pela maneira como sorríamos, rolava por certo algo menos próprio. Voltei atrás e à frente de todos, aproximei-me do meu inesperado admirador e sugeri, num tom de urgência, um novo encontro.

Foi deste modo que, um mês mais tarde, dei comigo num quarto de hotel. Não era num quarto de hotel que as pessoas escandalosas, como eu, faziam certas coisas? Fui atrás de uma possibilidade de *rêverie*. Não sentia pelo Ângelo o apelo da paixão como sucedera com o Luís, mas o desejo de me integrar num sonho que, por sua vez, continha um apelo escondido de sobrevivência e salvação. Era, sem dúvida, a derradeira tentativa para me contemplar como uma mulher de coração ileso face às queimaduras da vida. Quando o Ângelo me fez a sua proposta licenciosa, hesitei. Ele havia acabado de me beijar. Tínhamos ido passear a Gaia. Atrás de um salgueiro inclinado pela brisa vinda do Douro, correspondi como se o meu corpo fosse transportado pelo vento, infinitamente leve. A minha mente ficou presa num turbilhão com a possibilidade de ir até ao Grande Hotel de Paris, esforçando-se por assimilar as consequências daquele passo. O prolongamento do silêncio gerou constrangimentos, um breve momento de transição antes de esboçar um sorriso e aceitar. Encaminhamo-nos para uma praça de táxis de mãos dadas, o meu pensamento ia atrás de uma ideia de salvamento, onde a aventura libertina correspondia ainda e sempre a uma quimera.

O quarto era forrado a papel com lilases roxos, a colcha da cama partilhava a mesma cor; um cheiro bafiento contaminava o quarto. Tive de novo a sensação de sonho, mas, neste caso, de um sonho triste, distante de tudo o que era aprazível. O Ângelo depenicava-me o pescoço com beijos suaves, descia ao colo em busca das linhas para um arrepio. "É um esqueleto que ele tem nos braços", pensei com os meus botões. Escutei os seus suspiros, arquejos meio abafados, senti as suas mãos no meu corpo, garras com que tentava despir-me. Os ruídos da sua respiração ofegante convidavam-me a entrar num trecho de prazer, onde as sensações migravam para longe da lucidez. Lentamente, o meu amante arrastava-me em direção à cama, bruscamente senti necessidade de o empurrar. "Não consigo, não tenho forças para continuar", sussurrei ao seu ouvido. As lágrimas começaram a correr-me pela cara. Ele tomou o meu corpo frágil nos seus braços, parecendo não se dar conta do meu sofrimento. Continuou a sondar áreas cada vez maiores de pele, desviando-se do meu espírito ferido. Minutos mais tarde, vi-me no meio das suas convulsões como uma espectadora que suporta a entrega do seu corpo ao martírio. Corri a vestir-me no quarto de banho. Era evidente o meu estado perturbado. A dor possuía-me com a energia do desespero, um golpe rápido de punhal ao cortar uma garganta. O Ângelo exprimiu-se com sincera preocupação ao ver-me tão agitada, mas não o quis ouvir e apressei as despedidas sem a promessa de um novo encontro. Nunca mais nos vimos.

Aquela tarde marcou o declínio. Que felicidade podia haver em recordações escurecidas pelo aviltamento? Assistia aos crepúsculos nevoentos de Outono deitada na minha *chaise longue*. Um silêncio espectral chegava até mim a partir de todas as palavras ou ruídos e os factos foram deixando de me magoar com a sua crueza. A minha alma envelhecia rapidamente, infectada com uma enfermidade letal. Era impressionante como as pessoas reais diminuíam de tamanho na vasta paisagem das minhas memórias. Deitada de olhos abertos na posição de noiva da morte, a indiferença constituía uma força de interposição que ainda agregava o que restava de mim. Sentia-me uma mulher petrificada de frio a rebolar-se nas cinzas mortas de uma fogueira. A mortificação do gelo paralisava os meus pensamentos e a minha mente só sabia contar cadáveres dentro de mim. Era como se o nevoeiro que tombava sobre o mar estivesse também a cair sobre o meu cérebro. O mundo chegava-me através de um ecrã distante, avistando apenas ao longe os vultos do meu irmão morto e dos meus filhos por nascer. A sensação de estar a fechar uma porta de despedida libertava-me das banalidades. Observava de fora as várias versões do meu rosto, aquelas que toda a vida havia camuflado. Vivia num tempo suspenso e vazio onde os desejos se haviam embrulhado num novelo de proporções assustadoramente modestas.

O Guido Battelli enviara-me as provas do meu livro. A publicação era um facto assente, a distribuição pelas livrarias seria iniciada no princípio do ano seguinte. Quando as provas chegaram pelo correio observei aquele amontoado de folhas com perplexidade, a muda lentidão de um virar de páginas não despertou em mim sentimento algum. Naquilo que outrora me faria exultar, vi apenas um trabalho. Talvez o mundo a que eu aspirava existisse apenas no silêncio que acolhe os corações humanos em dois braços. No entanto, revi as provas cuidadosamente, aplicando-me com a seriedade de estar a cumprir a minha derradeira missão. Página a página, limpei palavras, retirei dos versos as nódoas causadas por rimas menos perfeitas. Realizei esse último esforço, mesmo não acreditando na possibilidade de conseguir criar uma obra de arte tão essencial quanto o encontro da minha alma com outra alma.

Apesar de tudo ainda me questionava sobre os equívocos do amor e sobre os seus desígnios. O que é que justificava a minha obsessão pela poesia a não ser a necessidade de amor? Na verdade, era uma sonhadora pertinaz, tendo escrito poemas dirigidos a uma figura sem traços, acreditando que o ato de escrita poderia capturar paixões. Gesto inútil por nunca ter tido consequências. "Trouxa", costumava chamar-me o Apeles. Como um espantalho vendado a entregar os braços às bicadas dos pássaros, também eu me abandonara às coisas lindas e tristes do amor por alguém. Guardara para os poemas o que reprimia, o que era excessivo para se poder revelar em linguagem natural. Apesar das minhas dúvidas, escrevia ao Guido Battelli para o esclarecer sobre as emendas, indicando como havia extirpado o tumor a uma palavra errática que destoava na melodia de uma rima.

O dia dos meus anos aproximava-se, 8 de Dezembro. Vivera trinta e seis invernos, vendo cinzas a cair com a face encostada a uma vidraça embaciada. Nesse dia nascera, casara-me pela primeira vez e talvez viesse a morrer. Jogava as últimas cartadas, decidindo a data da minha partida como um exercício de admirável acaso. Observava de fora o jogo de uma mente dividida entre a volúpia da morte e a das coisas reais. Mas ainda fazia planos e combinava ações concretas para o futuro. Na minha correspondência com o Guido Battelli discutia os pormenores da distribuição do livro, solicitava-lhe informações quanto às características do papel, questionava-o sobre o tipo de grafia da edição. Suspendia a morte. A Helena havia de vir para os meus anos, o Natal seria passado em casa da Buja em Lisboa, convidava a Aurora Jardim para um chá em minha casa. Talvez o Mário conhecesse um tónico ou um gênero de comprimidos que me ajudasse a assumir a vida com uma postura diferente. Então as noites eram violentamente insones e a morte abria-se como uma solução de suprema quietude. Nunca alcançaria a clareza de um mapa para mim própria. A dor estava no centro do meu processo de sentir o mundo. Perdera-me ao nascer e só o reencontro com a morte me curaria de quimeras imaginárias. Confidenciava a possibilidade de suicídio às minhas amigas como um segredo infantil, absurdamente deslocado para uma conversa séria entre senhoras. Disse-o à Buja: "Se passar do dia dos meus anos, morrerei velha." Referi-o de passagem a Aurora Jardim quando veio tomar chá comigo, apontando para uma gaveta: "Olhe, ali está guardado o veneno que me há-de adormecer para sempre." Sorria, ao proferir estas afirmações estouvadas, quando o adequado seria espernear diante das minhas amigas perante o contínuo assalto do desespero. Era ainda a esperança a falar pela voz de um fantasma, pedindo a uma delas para me indicar o movimento de recuo. Obviamente, ninguém me levava a sério, até porque era conhecida a minha tendência para o exagero e a minha consistente vocação para a tragédia. A penumbra do futuro era devolvida aos meus olhos cegos com mais escuridão, só a sepultura me traria um elo de ligação à luz. Na véspera do dia dos meus anos acordei com boa disposição. Não chovia, brilhava um sol de inverno, um pálido círculo de cintilação. A primeira coisa que fiz, ainda de robe, foi escrever um poema. Achei-o bastante bom, provavelmente no dia seguinte iria considerá-lo empolado e excessivo, mas nessa altura não estaria cá para o avaliar. Só depois fui à casa de banho. Aí, ao lavar a cara, evitei fixar o espelho oval pendurado na parede, tinha consciência do meu rosto, mas hesitava olhá-lo para não me deparar com o seu aspecto pálido. Passei parte da manhã com Teresa e a cozinheira na cozinha, elaborando uma lista de compras para o jantar dos meus anos. Agradeci sorrindo, um sorriso decorativo que era pura força de vontade, os elogios de ambas sobre o meu ar de menina, segundo elas ninguém me daria a minha verdadeira idade. O Mário veio almoçar a casa e a conversa incidiu sobre a lista de convidados. Descrevi-lhe os preparativos necessários à festa de aniversário como se a efeméride viesse a existir e não fosse apenas a encenação teatral de um possível acontecimento. Há largos meses que eu e o Mário só nos aventurávamos em palavras que fizessem parte de conveniências sociais ou assuntos de saúde. Por maiores que tivessem sido as minhas mágoas, por muito vasta que fosse a desolação que me dominava, desejava deixar uma imagem suave como despedida, infiltrando doçura entre as vogais das palavras. Hesitei com receio que os meus olhos me traíssem e enunciados afetuosos me denunciassem. Todas as minhas frases durante aquele almoço penderam suspensas sobre a verdade. A despedida apressada do Mário, a sua súbita urgência em sair a seguir à refeição, fez com que perdesse a oportunidade. Dirigi-me com ele à porta e, vendo-o vestir o casaco, ocorreu-me que nunca mais o veria. Enquanto me detinha a observá-lo na rua a afastar-se, enquanto o mantive no meu campo de visão, tive a sensação de estar no interior de um ciclone.

Foi um sonho que me arrastou até à praia nessa última tarde e o sonho era apenas isso: planar os olhos sobre o mar, deixá-los vogar num instante de pausa antes de um derradeiro voo. Os meus pensamentos ainda hesitavam face à ideia de prescindir do meu lugar no mundo. A perspectiva de o futuro desaparecer parecia-me irreal. Era uma mulher comum que, depois de ter planeado a festa o seu aniversário, descansava no areal. Retalhos de céu brilhavam nas poças de água e a sua tonalidade era tão azul que nem parecia Inverno. O tempo gélido e os seus tormentos estavam em mim e não no exterior, uma tensão voraz povoada pelos sentimentos de impiedade, de desamor, de malícia, de indiferença, de abandono. Nessa noite, ficaria livre da servidão, rejeitando com veemência as amarras da dor.

O sol já descia sobre o mar, anoitecia no momento em que venci o desejo de regressar à vida. Entre mim e a eternidade existia um tempo infinitamente indolor. Ao chegar a casa informei a Teresa de que não desejava jantar. Ia para os meus aposentos e não pretendia ser incomodada sob nenhum pretexto. Falei pela última vez com a voz embargada pela sensação de ser arrastada para fora de tudo o que podia ser dito. A Teresa desejou-me boa-noite e eu entrei no meu quarto, abrindo os braços à morte como a uma paisagem de poemas em branco.

A morte chegou para me incluir nos instantes que não vivi junto ao amor. A morte veio como uma canção para me dizer que não morri. A minha ausência no mundo não se manteve por muito tempo. Os meus poemas seguiram o seu curso e sem que sentisse a brisa dos dedos sobre o papel, páginas de livros foram sendo reviradas. Perdi o lugar no meu corpo para dar lugar aos sentimentos de todas as almas.

Nota final

A personalidade de Florbela Espanca define-se por uma dor avassaladora. "Como compreender a amargura desta amargura?", pergunta-se no *Diário do Último Ano*, demanda que transforma tantas vezes em grito nos seus poemas.

A dor terá chegado à vida de Florbela com as circunstâncias muito particulares da sua infância. Nascida de uma ligação extraconjugal, foi criada pela mulher do seu pai que, provavelmente, nunca a terá aceitado. Terá amado o seu pai como qualquer menina, mas foi sempre a filha bastarda. O único amor seguro que terá conhecido na infância foi o do seu irmão Apeles. Florbela menina foi, sem dúvida, uma criança magoada.

Florbela, "a quem a mágoa chamou filha", contrariou a paixão da dor com a paixão poesia e com a busca incessante de um amor quimérico. Se ninguém antes reconhecera "o que ela sentia e o que era", não importava porque ela era poeta e "ser poeta é ser mais alto, é ser maior". Mas o desespero permanecia nos buracos da sua alma, só podendo ser resgatado por um amor absoluto. Florbela casou três vezes e, por três vezes, o amor encontrou-se com a desilusão. Por isso só "o amor de um Deus" a poderia satisfazer. Também nunca foi reconhecida como poeta em vida. Como a vida se negava a estender-lhe a mão, Florbela sonhou, então, com o único abraço que lhe era acessível, o "da Senhora Dona Morte". Suicidou-se aos 36 anos no dia 8 de Dezembro de 1930.

Florbela morreu cedo demais, mas os seus poemas permaneceram vivos, fazendo eco das mágoas silenciadas de tantas e tantas almas.

A primeira edição deste romance tem quinze anos, mas a minha paixão pela figura de Florbela Espanca manteve-se inalterada, considerando-a um dos poucos ícones femininos no domínio da literatura portuguesa. Mas se a admiração pela personagem se manteve, a minha forma de escrever não é a mesma, o que naturalmente suscitou a necessidade da reescrita de grande parte do romance.

Copyright © Ana Cristina Silva
Publicado pela primeira vez em Portugal pela Bertrand Editores, 2020.
A autora é representada pela Bookoffice

Editora   Carla Cardoso
Diagramação   Andreia Carvalho

Dados Internacionais de Catalogação na Publicação (CIP)
(Câmara Brasileira do Livro, SP, Brasil)

Silva, Ana Cristina

Bela / Ana Cristina Silva — Rio de Janeiro, RJ : Livros de Criação : Ímã editorial : 272 p; 21 cm.

ISBN   978-65-86419-24-5

1. Espanca, Florbela, 1894-1930 - Crítica e interpretação 2. Ficção portuguesa I. Título

22-124192   CDD 869.3

Índices para catálogo sistemático:
1. Ficção : Literatura portuguesa   869
Eliete Marques da Silva - Bibliotecária - CRB-8/9380

Ímã Editorial | Livros de Criação
www.imaeditorial.com.br